名家名著经典作品选集

泰戈尔

散文诗 小说

[印] 泰戈尔 ◎ 著
张志伟 ◎ 主编
陈 伟 ◎ 译

黑龙江美术出版社·哈尔滨

图书在版编目（CIP）数据

泰戈尔散文诗　小说/（印）泰戈尔著；张志伟主编；陈伟译. -- 哈尔滨：黑龙江美术出版社，2025.2
（名家名著经典作品选集/张志伟主编）
ISBN 978-7-5755-0143-9

Ⅰ.①泰… Ⅱ.①泰…②张…③陈… Ⅲ.①散文诗—诗集—印度—现代②小说集—印度—现代 Ⅳ.①I351.15

中国国家版本馆CIP数据核字（2024）第058834号

MINGJIA MINGZHU JINGDIAN ZUOPIN XUANJI TAIGE'ER SANWENSHI XIAOSHUO

名家名著经典作品选集　泰戈尔散文诗　小说

出 品 人：乔　靓
著：（印）泰戈尔
主　　编：张志伟
译：陈　伟
责任编辑：颜云飞
责任校对：于　澜
出版发行：黑龙江美术出版社
地　　址：哈尔滨市道里区安定街225号
邮政编码：150016
发行电话：0451-84270524
经　　销：全国新华书店
印　　刷：三河市同力彩印有限公司
开　　本：710mm×1000mm　　1/16
印　　张：12
版　　次：2025年2月第1版
印　　次：2025年2月第1次印刷
书　　号：ISBN 978-7-5755-0143-9
定　　价：60.00元

本书如发现印装质量问题，请直接与印刷厂联系调换。

泰戈尔简介

泰戈尔（1861—1941年）是一位驰名世界的印度诗人、作家、艺术家、哲学家和社会活动家。他勤奋好学，孜孜不倦，在60年的创作生活中给人们留下了50多部清新隽永的诗集，10余部脍炙人口的中、长篇小说，90多篇绚丽多彩的短篇小说，140余个寓意深刻的剧本，以及大量的故事、散文、论著、游记、书简等著作。这位博学多才的艺术家还创作了2000多首歌曲和近2000幅美术作品。1912年，诗人自译英文版《吉檀迦利》出版，顿时轰动文坛。1913年，泰戈尔因该诗集而荣获诺贝尔文学奖。从此他跻身世界文坛，其作品被译为多国文字，广为流传。

泰戈尔生于印度的加尔各答，他从幼年时代起就厌恶刻板的学校教育，接受了一些印度的传统教育和英国教育，但都不多。1878年曾到英国留学，1880年回国。他的知识主要是靠自学得来的。他从13岁起就开始写诗，诗中洋溢着反对殖民主义、热爱祖国的情绪。1882年他的诗集《黄昏之歌》出版，受到了热烈的欢迎。不久又出版了《晨歌》，文名大振。在漫长的岁月中，他的创作几乎横跨文学艺术的各个领域。终于成为印度文学史上，也可以说是世界文学史上，门类最广、产量最高的作家之一。

泰戈尔是伟大的诗人，在诗歌这块园地里，他做过种种的尝试，体裁和题材都丰富多彩。有光风霁月的抒情，也有金刚怒目的斥责。他的诗歌里、散文中透露着作者热爱自己的有着悠久历史文化的国家、热爱这国家里爱和平爱民主的劳动人民，热爱这国家雄伟美丽的山川，像《飞鸟集》《新月集》《园丁集》《吉檀迦利》等等，都代表了他光风霁月的一面。诗人以华丽婉美生动流利的语言抒发了自己丰沛的感触，在他的抒情诗里面，可以明显地看到印度古典文学，特别是迦梨陀娑的影响，也可以看到孟加拉国民间文学和西方文学的影响。在短篇小说方面，除了反对帝国主义和反对封建主义的思想内容以外，他还创造了一种比较新颖的体裁：他把抒情诗与短篇小说结合了起来，成为像散文诗一般故事性不强而抒情气息很浓的一种新文体。

总之，他的文学作品里洋溢着反对帝国主义、反对封建主义、热爱祖国的情绪；在形式方面，有继承，也有创造，随处可见民族形式和民族风格的体现。通过他的文学作品，我们可以欣赏孟加拉国的自然风光，更加热爱勤劳淳朴的印度人民；我们可以了解印度知识分子反对英国殖民主义的情况；我们可以学习诗人热爱祖国、热爱自然、热爱生活的精神和反对一切恶势力、爱憎分明绝不模棱两可的精神。对于我们今天的中国人民来说，泰戈尔的作品仍然很有意义，在加强两国人民的友谊方面，还是很有作用的。

目 录
Contents >>>

散文诗

吉檀迦利 ·· 2

园丁集 ·· 31

序诗 ··· 71

小　说

河边的台阶 ·· 150

弃绝 ·· 154

一夜 ·· 160

喀布尔人 ··· 166

一个古老的小故事 ··· 172

法官 ·· 174

偷来的宝物 ·· 180

散文诗

我生命的灵魂令我的躯体永远纯洁,因为我知道,你的灵魂轻抚着我的四肢。

我将永远摒弃我思想中的虚伪,因为我知道你就是在我心中燃起理智的火花的真理。

我将驱走我心中所有的恶念,因为我知道你就住在我心灵的最深处。

我将努力使我的行为能够表现你,因为我知道你将以你的威力给我行动的力量。

吉檀迦利
（1912）

1

你已经使我达到超脱的境界，你乐于如此。这脆薄的酒杯，你再三地把它倒空，又不断斟满新的生命。

这小小的芦笛，你带着它翻山越岭，用它吹出万古长青的曲调。

在你双手不朽的安抚下，我小小的心里乐无止境，发出无可形容的乐声。

你无穷的赐予仅仅倾入我那小而又小的手中。时代消逝了，你仍在倾注，而我的手中仍然存在剩余的空间，等着你来充满。

2

你命令我歌唱的时候，我骄傲得好像心都快炸裂了；我凝望着你的面颊，任凭泪水涌上心头。

我生命中的一切的凝涩与矛盾融成一首甜美的和谐乐曲——我的崇敬就像一只欢快的小鸟，展翅翱翔，飞越海洋。

我知道你喜欢听我歌唱。我知道我只有作为一个歌手，才使我能走到你的眼前。我用我伸展的歌曲的翅梢，轻拂着你的双脚，那是我从未奢望触及的。陶醉于歌唱，忘乎所以，你本是我的主人，我却把你称为朋友。

3

我不知道你是在如何歌唱，我的主人，我一直在充满惊奇地聆听。

你的音乐照亮了世界。你的音乐响彻云天。你的音乐有如圣泉冲开阻挡的石头，奔涌向前。

我渴望和你一同歌唱，却挣扎不出半点声音。我想张口说话却叫不出来。啊，你的音乐的大网俘虏了我的心，我的主人！

4

我生命的灵魂令我的躯体永远纯洁，因为我知道，你的灵魂轻抚着我的四肢。

我将永远摒弃我思想中的虚伪,因为我知道你就是在我心中燃起理智之火的真理。

我将驱走我心中所有的恶念,因为我知道你就住在我心灵的最深处。

我将努力使我的行为能够展现你,因为我知道你将以你的威力给我行动的力量。

5

请允许我稍作懈怠,坐到你的身边。待会再去完成我手边的工作。

离开了你,我就不知道何为安逸,何为休息,我的工作变成了无尽的劳役。

今天,炎热的夏天降临在我的窗前。低嘘轻语;花树的宫廷中,群蜂在尽情弹唱。

在这应该静静等待的时光里,和你相对,相对在无边的静寂和闲暇,奏响那生命的乐章。

6

摘下这朵花吧,立刻拿走,不要迟延!我害怕它会凋零在尘土里。

可能它配不上你的花冠,但请你采摘它,用你手采摘的痛苦来赋予它的宠幸。我害怕我还没能警觉时就已过了贡献的时光。

它的色彩虽然很浅,香气虽然很淡,但请仍用它来礼拜。趁着还没有错过时光,采摘它吧。

7

我的诗歌已卸去它的装饰。它已失去了衣饰的骄奢。装饰会有碍我们的相处;装饰会横阻在我们中间;装饰的叮当之声会淹没掉你的柔声细语。

我的诗人的虚荣,在你面前羞惭地化为乌有。啊,诗宗啊,我已经拜倒在你的足下。但愿我的生活单纯正直,像一支芦笛,供你吹奏美妙的乐曲。

8

穿上王子衣袍、挂起珠宝项链的孩子,他失去了游戏中的乐趣;他的衣饰阻碍着他的步履。

他不敢走进世界,甚至一步也不敢挪动,生怕破损了他的宝饰,弄污了他的衣装。

母亲啊,假如你的华美的约束,隔断了人和大地上健康的尘土;假如你的华服盛装的打扮，剥夺了人进入日常盛大的庙会的权利，那就得不偿失了。

9

啊，蠢人别想把自己背在身上！啊，乞丐，来到你自己门前乞讨！

卸下你的负担吧，用你那双能做一切的手！永远不要惋惜，永远不要回头。

你那欲望的气息，会立刻吹灭掉它接触到的灯光。它不是圣洁的——不要从它那肮脏的手中接受礼物。请接受神圣的爱的所赐吧！

10

这是你的足凳，最贫最贱最潦倒的人的栖身之所，便是你的歇足之处。

你歇足在最贫最贱最潦倒的人群中，我想向你鞠躬，可是我的敬意无法达到你歇足的深处。

你穿着破烂的衣服，你行走在最贫最贱最潦倒的人群中，骄傲永远走不进这个地方。

你同那群最贫最贱最潦倒的人中的没有同伴的人做伴，我的心永远找不到那个地方。

11

别再诵唱经书和数珠了吧！在这门窗紧闭，幽暗孤寂的殿角里，你在向谁礼拜呢？睁开眼看看吧，你的神可不在你的面前！

你的神在耕着枯地的农民那里，在砸着石头的修路工那里。炎阳下，阵雨里，神都和他们同在，神的衣袍上沾满了尘土。脱下你的圣袍，甚至像神一样下到田地里去吧！

超脱？哪儿找到超脱？我的主愉快地担起了创造的重任，他和我们永远在一起。

丢掉鲜花和焚香，从静静等待中走出来吧！即使你的衣袍已污损，那又何妨？在劳动中，在汗水里，去迎接他，同他站在一起吧！

12

我旅行的时间很长，路途也很长。

清晨，我驱车出行，奔驰在无边的世界里，在许多星球上留下我的踪迹。

越是离你近的地方，路途越遥远。越是简单的音调，越需要艰苦地练习。

旅人叩响了每一个陌生者的门，才来到属于他自己的家门；人要走遍了外面的大千世界，才能到达最深的圣堂。我的双眼搜索着四方，最后才合上眼说："原来你在这里！"

这问题和呼喊"啊，哪儿呢"溶成了千条泪河，与你保证的回答"我在这里"的洪流一道泛滥于全球。

13

直到今天，我要唱的歌还是没有唱出。

每天我都在乐器上调弦。

时间还需等待，歌词还未填完，我的心中只有希望的痛苦。

花蕊仍旧未放，只有风的叹息从旁走过。

他的脸我从未见过，他的声音我也从未听过，我只听到他轻轻的足音，从我房前走过。

漫长的一天消磨在为他铺设席位，但是灯火仍未点燃，我不能请他进来。

我每天都希望和他相见，可相见的日子还未到来。

14

我想要的很多，我哭得也很可怜，但你坚定地拒绝永远挽救着我，你刚强的慈悲，永远交织在我的生命里。

你使我日益有资格领受你的赐予，最自然简单的赐予——天空和光明。这身体、生命和心灵把我从极度的危险中救了回来。

我有时会很懈怠地拖延，有时又急忙寻找自己的方向；但你却忍心地藏了起来。

你不停地拒绝我，就是不停地从软弱的欲望中拯救着我，使我日益有资格被你完全接受。

15

我要为你歌唱。在你的殿堂里，我坐在殿堂的角落。

在你的世界里，我无所事事；我虚度的生命只能奏出无目的的音乐。

在这黑暗的殿堂里，在这夜半敲响的钟声里，命令我吧，命令我站在你面前歌唱吧，我的主人！

当琴弦在清晨的阳光中调好，请你恩赐于我吧，命令我来到你的面前。

16

我被邀请参加这世界节日,我的灵魂得到了祝福。我的眼睛看见了那美妙的风景,我的耳朵也听到了那优雅的音乐。

在这节日中,奏乐是我的任务,我也尽力完成了我的演奏。

现在,我想问:那时间来到了吗?我是否可以进去瞻仰你的容颜,向你奉上我无声的献礼?

17

我静静地等候着,等候着最终把自己交到爱的手里。这是我延误的缘由,对此我深感愧疚。

他们要用法规来约束我,但我一直躲着他们,因为我要静静地等候着,等候着最终把自己交到爱的手中。

人们指责我不理会人,我也知道,他们是有道理的。

市集已过,工作也已忙完。我没理会的人也都已含愤而去,我只等候着,等候着最终把自己交到爱的手里。

18

云霾堆积,黑暗渐深。啊,爱,为什么你让我独自等候在门外?

在中午很忙的时候,我和大家在一起;但在昏暗孤寂的时候,我仅希望看到你。

如果你不允许我见到你,如果你已经将我完全抛弃,我真的不知道这悠长的雨天如何度过。

我不住地遥望阴霾密集的天空,我的心在彷徨叹息,就犹如这风儿一样。

19

如果你不说话,我就强忍着,以你的沉默来充实我的心。我要保持缄默地等候。像黑夜,在繁星闪烁下无眠地等候,耐心地低首。

黎明一定会到来,黑暗一定会消逝,而你的声音一定会划破长空,响彻在金色的晨光中。

那时你说过的话,都会在我的每一个鸟巢里变成歌声,振翅翱翔;而你的音乐,要在我的丛株中盛开繁花。

20

　　莲花盛开的那天，唉，我的心不自觉地飘荡。我的花篮空空的，我也没去理会那些花儿。

　　时而有一股哀愁袭击涌来。我从梦中惊醒，感觉到南风里有一阵奇香的芳踪。

　　那朦胧的温柔，让我的心痛，我觉得这好像是夏季里热烈的气息在寻找圆满。

　　在那时，我不知它离我是如此的近，而且它是我的，还是在我的心灵深处绽放。

21

　　我必须把我的船撑过去。时光都消磨在岸边了——不堪啊，我！

　　春天在花开过后就告别了。如今遍地落红，我却等待又留恋。

　　潮水的声音渐渐喧闹了起来，在河的岸滩上有黄叶随风飘落。

　　这就是你凝望着的，这是何等的虚幻！你难道没有觉察到和着对面岸上的歌声从天空中飘下来一阵惊喜！

22

　　在七月的阴雨中，你悄悄地行走，如同夜一样地轻悄无声，避开一切守望的人。

　　今天，清晨闭合了双眼，不去理睬狂啸的东风，厚厚的纱帘挡住了永远清醒的天空。

　　林野里，歌声已经停了，家家户户闭上了门。在这冷清的街上，你是孤独的路人。啊，我仅有的朋友，我最爱的人，我的家门是永远敞开着的——不要像做梦一样走过吧。

23

　　在这狂风暴雨的夜晚，你是否还在外面为了爱而旅行，我的朋友？阴霾的天空如同失望的人一样在哀号。

　　今夜我无眠，我不断地打开门去瞭望无边的黑暗，我的朋友！

　　我什么也看不见。我不知道你会从哪条路来！

　　是从幽黑的河岸上，是从远处的树林边，是穿过昏暗曲折的小径，你摸索着来到我这儿吗，我的朋友？

24

若是一天已经过去,鸟儿不再歌唱,若是风也吹累了,那请用黑色的幕布将我盖上吧,好像你在傍晚用睡眠的锦被裹上大地,又轻轻地将睡莲的花瓣合上。

旅客的行程还未走完,手里的粮袋早已变空,衣服破烂不堪,身体筋疲力尽,是你使他脱离了羞涩和贫困,使他的生命像花儿一样在宽厚仁慈的夜幕下苏醒。

25

在这令人疲惫的夜里,让我将自己交给睡眠,将信赖交给你。

让我不去强打精神,来准备一个敷衍你的礼拜。

你拉上夜幕盖上白日困乏的双眼,使这眼神在醒来后更加清新。

26

他来了,坐在我的身旁。可我没有醒。多么可恨的睡眠,唉,不幸啊,我!

他在静夜里到来,手里拿着乐琴,我的梦魂与他的音乐产生了共鸣。

唉,为何每夜都这样虚度了呢?啊,他将气息融入到了我的睡眠,为何我总是看不见他?

27

灯火,灯火在哪呢?用热烈的渴望把它点燃吧!

灯就在这里,却没有一丝火焰——难道这就是你的命运吗?我还不如死心了好!

哀愁敲打着你的门,她告诉你你的主人醒着呢,他叫你在这个黑暗的夜里去奔赴爱的约会。

天空被云霾遮住了,雨在不停地下。我不知心里有什么东西在动荡——我不懂它的意义。

霎时的电光,在我的视野里抛下一道更深的黑暗。我的心在摸索着,摸索着呼唤着我的夜的音乐。

灯火,灯火在哪呢?用热烈的渴望将它点燃吧!雷在轰鸣,风在怒吼。夜像黑石一样的黑。不要让时光在这黑暗中度过吧。用你的生命点燃这盏爱之灯吧。

28

罗网是坚韧的,但要撕破它的时候我却心疼。

我只想得到自由,为想要自由我又觉得羞愧。

我的确知道那无价之宝是在你那儿,而且你是我最要好的朋友,但我却不忍清除我满屋的俗物。

我身上披的是尘灰与死亡的衣服;我恨它,却又热爱地抱紧它。

我负的债很多,我的失败也很大,我的耻辱又很深重;但当我来祈求幸福的时候,我又战栗,生怕我的祈求被允诺。

29

我用我的名字把他囚禁起来,他在监狱里哭泣,我总是忙于筑着围墙,当这堵墙高入云霄的时候,我就看不见在黑沉沉阴影里的真我了。

我因为这堵高墙而自豪,我用沙和土将它抹上,生怕在这名字上还存在少许漏洞;我真是煞费苦心,可我却看不见真我了。

30

我一个人去赴约。在寂静的黑暗中跟着我的人是谁?

我走开去躲开他,可是我躲不掉。

他抬头挺胸迈着大步,使地上尘土飞扬;我说的每句话里,都有他的喊叫。

他就是我的小我,我的主,他不知道羞耻;但和他一同到你门前,我又感到十分惭愧。

31

"犯人,告诉我,谁把你捆起来的?"

"是我的主人,"囚犯说,"我以为我的钱财和权力已超出一切,我把我的国王的钱财收到自己的宝库里。我很疲倦就睡在了我的主人的床上,醒来时我发现我已被囚禁在自己的宝库里。"

"犯人,告诉我,是谁做成了这条坚牢的铁链?"

"是我,"囚犯说,"是我自己的心做成的。我以为我的权力会征服所有的人,使我获得绝对的自由。我总是在用我的心打铸这条铁链。等到工作结束,铁链坚牢无比的时候,我却发现自己被自己捆住了。"

32

尘世间那些爱我的人,想方设法拉住我。你的爱却不是这样,它要伟大得多,你让我自由。

他们生怕离开我,生怕我把他们忘记。而你,却始终没有露面。

如果我不祈求见到你,如果我的心里没有你,你爱着我却仍等着我来爱你。

33

白天,他们来到我的屋里,告诉我"我们只占了最小的一间屋子"。

他们说:"我们要帮你礼拜上帝,且只接受应属于我们的那份恩典。"他们就在屋角里坐下,安静而又谦恭。

然而在黑夜里,我却发现他们狂暴地冲进我的殿堂,掳夺了神坛上的祭品。

34

只要我还活着,我就会把你看成我的一切。

只要我心中永守着那份诚意,我就能感觉到你在我的身旁。我向你请教,我要把爱献给你。

只要我还活着,我就永远不会把你藏起来。

只要我和你的意旨之间的脚链还有一小段,你的意旨就能在我的生命里实现,因为这脚链就是你的爱。

35

在那儿,心灵是无畏的,头是高昂的;

在那儿,知识是自由的;

在那儿,世界不曾被狭小家宅的墙垣分割成片段;

在那儿,语言来自真理深处;

在那儿,不懈的努力把胳膊伸向完美;

在那儿,理智的清流不曾沉没在荒漠中;

在那儿,心灵受你指引,走向那日益开阔的思想和行动——

进入那自由的天国吧,我的主啊,让国家觉醒吧!

36

我的主,请你铲除,铲除我心里贫乏的根源——这是我对你的祈求。

给我力量，使我能轻松地承受快乐与忧愁。

给我力量，使我的爱在服务中开花结果。

给我力量，使我永不抛弃穷人，也永不屈服于强权富贵。

给我力量，使我的心不再为琐事而烦恼。

再给我力量，使我的力量真诚地服务于你的意志吧！

37

我以为我已筋疲力尽，旅程已经终结——前路已绝，粮袋已空，归隐的时刻已经来临。

而我却不能发现你的意志在我身上的终点。刚刚说的话还没有逝去，新的乐曲又在心头奏响；路上的足迹才刚刚逝去，新的田野又展现在我的面前。

38

我需要你，且只需要你——让我的心永不停息地说这两句话。总是在引诱着我的种种欲念，都是透顶的作伪和空虚。

如同星夜在祈求光明里隐藏着一样，在我的潜意识里也呼唤着——我需要你，且只需要你。

就像风暴拼尽全力来冲击平静，却寻求终止于平静，我的反抗冲击着你的爱，而它的呼声也还是——我需要你，且只需要你。

39

当我的心焦躁不安之时，请给我慈祥。

当生命失去宠爱之时，请赐我欢歌。

当烦人的工作在四周喧闹，使我与世隔绝之时，我的主啊，请带给我你的和平与安详。

当我的乞丐似的心，藏在屋角之时，我的主啊，请你以你的威仪破门进来。

当欲念的尘埃蒙住了我的双眼之时，我的主啊，请你和闪电一同给我清醒。

40

我干涸的心河，已好久没有雨水的滋润了，我的神。天空赤裸裸的——没有一片云没有一丝下雨的凉意。

假如你愿意，请降下你怒气冲天的风雨，以闪电威慑宇宙吧！

但是，我的主，请你召回。召回这沉闷的炎热吧，它是如此的沉重而又残忍，使人的心灵绝望，使心河枯竭。

让祥云降落，如同父亲发怒时，母亲含泪的目光。

41

我的情人，你站在大家的背后，究竟藏在何处的阴影中呢？在尘土飞扬的道路上，他们推开你，走了过去，没有理睬你。我在这儿摆上我的礼物来等你，人都倦了，过路的人把我的花儿一朵朵地取走，我的花篮几乎空了。

清晨过去了，中午过去了。在黄昏，我倦眼蒙眬。回家的人们微笑着看我，使我满心羞愧。我如同女乞丐一般地坐着，拉起裙角遮住脸，他们向我要什么的时候，我垂首不语。

啊，真的，我怎能告诉他们说我是在等你，而且你已经答允我要来的呢？我又怎么能惭愧地说，我的陪嫁就是贫穷。啊，我在我心中的秘密处紧抱着这种自豪感。

我坐在草坪上凝望天空，梦想着你来临时那忽然的豪华壮观——万彩辉映，金色的旗帜在你车辇上飘扬。在道旁众目之下，你从车座上走下来，把我从尘埃中扶起来坐在你的身旁，而我这褴褛的女丐，含羞带喜，如同夏天习习凉风里的一枝藤蔓。

然而，时间流逝，还不能听到你的车辇的轮声。许多仪仗队伍都喧哗，显赫地走过去了。只有你可站在他们的背后，悄悄地藏身在阴影里？我只能哭泣着等待，把我的心在空虚的伫望中折磨吗？

42

在清晨的私语时，我们约定一同去划船。世界上也只有我们这么无目的无止境地遨游。

在无边的海洋和你静听的微笑中，我的歌声高低抑扬，如同海洋一样自由，无拘无束。

是还没到时间吗？还有工作要完成吗？看啊，暮色已裹上了海岸，海鸟也早飞回了家。

谁能知道何时解开链索，这船会如同落日的余光消融在黑夜之中呢？

43

我的国王，那天我没有做好准备来等候你，你如同一个素未相谋的陌生人，不自觉地进入了我的心田，在我生命的时光中，盖上了不灭的印记。

今天，偶然间我发现了你的印记，我发现它们和我遗忘了的日常回忆杂乱地散在尘埃里。

对我童年时代尘土中游戏的事你从来没有鄙视过，我在游戏时听见的足音，就是在群星里回响着的足音。

44

阴晴无定的夏季，雨来的时节，在路旁翘首以盼，是我的快乐。

从神秘莫测的天空带信来的使者们，向我致意后又走了。我心欢畅，享受着风的清香。

我从早到晚都坐在门前，我不知我一看见你，快乐的时光就要来到。

这时我自己唱歌自己欢笑，空气里充满着些许的芳香。

45

你听见了他轻悄的足音了吗？他正在走来，走来，一直不停地走来。

每一个时间，每一个年代，每天每夜，他都在走来，走来，一直不停地走来。

在不同的心情里，我唱过许多歌，但在这些歌里，我总在唱："他正在走来，走来，一直不停地走来。"

四月的晴天里，他从林径中走来，走来，一直不停地走来。

七月的雨夜中，他驾着云车，前来，前来，一直不停地前来。

忧愁和烦闷之时，他的脚步踏在我的心上，如同黄金一样的接触，让我快乐得放出光芒。

46

我不知从何时起，我就一直走近来迎接你。

你的太阳和星辰永远不能把你藏起来让我看不见。

在许多早晨和黄昏，我听见过你的脚步声，你的使者秘密地到我心里召唤过。

我不知为何今天我的生活完全激动了，一种极度欢乐的感觉穿过了我的心。

就像已到了结束工作的时间，我感觉到空气中你的微馨。

47

夜已将近，又白等了一天。我生怕他在清晨突然来到门口，而我却倦得睡熟了。啊，朋友们，给他留着门吧——不要挡着他。

如果他的脚步声没有把我惊醒。请不要叫醒我。我不愿意众多嘈杂的合唱，晨光庆典上的大风把我从睡梦中吵醒。即使我的主突然来到了我的门口，也让我毫无打扰地睡吧。

啊，我的睡眠，我宝贵的睡眠，只等着在他的抚摸下消失。啊，我紧闭的眼睑，只等着在他微笑的光中睁开，这时他站在我的面前，如同从黑暗的睡眠里浮现的梦一样。

让他作为一切光芒中的第一道光芒，一切形态里的第一个形态，呈现在我的面前；让他的眼光成为我觉醒的灵魂最初的欢跃。

让我自我的皈依成为直接向他的皈依。

48

清晨，静静的海洋，荡起细细的波纹；路边的花丛，争妍斗艳；我们匆匆赶路，无心理睬周围的一切，这时，云缝中散射出灿烂的金光。

我们没有唱出欢快的歌曲，也没有一块嬉游；我们也不去赶集；我们一言不发，也不微笑；我们不留恋路上的景色。时光流逝，我们也加快了前进的脚步。

太阳已经升到中天了，鸽子在阴凉中叫唤。落叶在随风飞舞。放牧的小孩在榕树下睡着了，正在做着梦。我躺在水边的草地上，伸展着疲乏的四肢。

同伴开始笑话我；他们抬头疾走；他们不回头也不知休息；他们在远远的天边消失。他们穿越山林，经过很多陌生之地。长途上的英雄们，你们是光荣的！讥笑和责备催促我赶快起来赶路，可我却没有动。我心甘情愿地落在耻辱的深处——在模糊的快乐的阴影之中。

阳光从树叶缝里露下来，树林更加幽静，我的心被这种氛围笼罩着。我忘记了旅行的目的，我毫不抵抗地把自己的心灵交给了氛围的迷宫。

最后，我从沉睡中醒来，我看见你站在我的身旁，我沐浴在你的微笑之中。我以前特别惧怕，惧怕这旅途的遥远困难，我终于来到了你的面前，多么艰苦的旅程啊！

49

你从宝座上走下来，站在我的草房前。

我正在屋里独自歌唱,被你听见了。你便下来,站在了我的草屋前。

从早到晚你都能听见你的大厅里名家的歌声。然而我这初学的简单的音乐,却得到了你的赏识。一首忧伤的小曲,和你的伟大之乐融合了。你下了宝座,停留在我的草屋前,还带了花儿作为奖励。

50

我沿着村路乞求的时候,你的金辇如同一个华丽的梦从远处出现,我在猜想这万王之王是谁!

我的希望高升,我觉得我苦难的日子即将结束,我站着等候你自动地施予,等候那撒掷在尘埃里的财宝。

车辇在我站立的地方停住了。你看到我,微笑着下车。我觉得我的运气终于来了。忽然你伸出右手说:"你要给我什么呢?"

啊,这简直是在开上帝的玩笑,向一个乞丐求乞!我糊涂、犹疑地站着,然后从口袋里慢慢地拿出一粒最小的玉米献上给你。

但是我很是吃惊。当我晚上把口袋倒在地上的时候,在我乞讨来的粗劣东西中,我发现了一枚金子。我痛哭了,恨我没有慷慨地将我所有的都献给你。

51

夜深了,我们白天的工作都已做完。我们以为投宿的最后一位客人都已来到,村里家家户户都已关上门了。只有几个人说,国王是要来的。我们笑着说:"不,这是不可能的事!"

仿佛有敲门的声音,我们说那不过是风。我们熄灯就寝。只有几个人说:"这是使者!"我们笑了说:"不,这必定是风!"

在沉寂的夜里传来一个声音。朦胧中我们以为是遥远的雷响。地动墙摇,惊扰了我们的睡眠。只有几个人说:"这是车轮的声音。"我们昏困地嘟哝着说:"不,这一定是雷响的声音!"

鼓声响起的时候夜依然是黑沉沉的。有声音喊着说:"醒来吧!别耽误了!"我们用手按住心口,怕得发抖。只有几个人说:"看,这是国王的旗子!"我们爬起来站着喊:"没有时间再耽误了!"

国王来了——可是灯火在哪里呢?花环在哪里呢?给国王预备的御座又在哪里呢?唉,丢脸,唉,太丢脸了!

客厅在哪里,陈设又在哪里呢?有几个人说:"叫也没用了!用空手来迎接国王吧,迎接他到你的空房里去吧!"

打开门来,吹响法螺吧!在深夜中国王降临到我黑暗凄凉的房子里了。空中雷声怒吼。黑暗和闪电一同颤抖。拿出你的破席铺在院子里吧。我们的国王在这可怕的夜晚,与暴风雨一同突然来到了。

52

我想我应当向你请求——可是我不敢——你那挂在颈上的玫瑰花环。所以我等到早上,想在你离开的时候,从你床上找到些零星残余。我如同乞丐一样天刚亮就来寻找,只为着那一两片散落的花瓣。

啊,我找到了什么呢?你留下了什么爱的标记呢?那不是花朵,不是香料,也不是一瓶香水。竟是你的一把巨剑,如火焰放光,如雷霆沉重。清晨的微光从窗外泻到你的床上。晨鸟喊喊喳喳着问:"女人,你得了什么呢?"不,这不是花朵,不是香料,也不是一瓶香水——却是你的可怕的宝剑。

我坐在那儿,心里猜想,你这是什么礼物呢。我没有地方去藏放它。我不好意思佩戴它,因为我是这样的柔弱,当我抱它在怀里的时候,它就把我压痛了。但是我要把这光宠铭记在心,你的礼物,这痛苦的负担。

从今以后,在这世界上我将无所畏惧,你将在我的一切奋斗中得到胜利。你留下死亡和我做伴,我将以我的生命给他加冕。我带着你的宝剑来斩断我的束缚,在世界上我将无所畏惧。

从今以后,我要抛弃一切琐碎的装饰。我心灵之王啊,我不再在一角等待哭泣,也不再畏怯娇羞。你已把宝剑给我佩戴。我不再要玩偶的装饰品了!

53

你的手镯真美,精巧地嵌着五光十色的星辰般的珠宝。然而依我看来你的宝剑更美,那弯弯的闪光犹如毗湿奴的神鸟展开的翅膀,完美地水平悬空在落日的红光里。

它颤抖着,如同生命受死亡的最后一击时,在痛苦昏迷中的最后反应;它炫耀着,如同即将熄灭的世情火焰,最后猛烈地一闪。

你的手镯真美,镶着星辰般的珠宝;但是你的宝剑,啊,雷霆的主,是铸得绝顶美丽,看和想都是可怕的。

54

我不会向你要求什么;我也不会在你耳中陈述我的名字。你离开的时候我默默地站着。我独自站在树影横斜的井旁,女人们已顶着褐色盛满了水的瓦罐回家了。她们对我说:"和我们一块来吧,都快到中午了。"但我仍在流连,仍沉迷在恍惚的遐想之中。

当你走来时,我没有听到你的脚步声。你含愁的眼望着我;你低语的时候声音是倦乏的——"啊,我是一个干渴的旅行者。"我从梦幻中惊醒,把我罐里的水倒在你掬着的手掌里。树叶在头上沙沙地响着;杜鹃在幽暗处歌唱,曲折的小径里传来胶树的花香。

当你问起我的名字时,我羞得悄立无言。真的,我替你做了什么,值得你忆念?但是我有幸能给你饮水解渴的这段回忆,将温馨地印在我的心上。天已晚了,鸟儿唱着倦歌。楝树叶子在头上萧萧作响,我坐着一遍遍地想了又想。

55

疲倦压在你的心头,你眼中仍然存有睡意。

你没有听说荆棘丛中花朵正在盛开吗?醒来吧,醒来,不要虚度光阴了!

在石路的尽头,在恬静无人的田野里,我的朋友独坐着。不要欺骗他吧。醒来,醒来吧!

纵然似火的骄阳使天空喘息摇颤——纵然赤热的沙地展开它干渴的巾衣——

难道在你心的深处没有快乐吗?难道你的每一个足音,不会使道路的琴弦迸发出痛苦的柔音吗?

56

只因你的欢乐是如此地充满了我的心,也只因为你曾这样地迁就我。啊,你这万王之王,假如不是我,你还会爱谁呢?

你使我做了你的一切财富的共享者。你的欢乐在我心里不住地遨游。你的意志在我生命中永远实现。

为此,你这万王之王曾把自己修饰了来打动我的心。因此你的爱也熔融在你情人的爱里。在那里,你又以我俩完全合一的形象出现。

57

光明,我的光明,充满世界的光明,亲吻着眼睛的光明,甜沁内心的光明!

啊,我的宝贝,光明在我生命的一角起舞;我的宝贝,光明在弹拨我爱的心弦;天开了,大风狂奔,笑声响彻大地。

蝴蝶在光明海上展开翅帆。百合与茉莉在光波的浪峰上翻涌。

我的宝贝,光明在每朵云彩上散映成金,它撒下珠宝无数。

我的宝贝,快乐在绿叶间伸展,其乐无穷。天河淹没了堤岸,欢乐的洪水在四散奔流。

58

让一切欢乐的曲调都融合在我最后的歌里——那使大地草海欢呼摇动的欢乐,那使生和死这对孪生兄弟舞遍广大世界的快乐,那含泪默坐在盛开的痛苦的红莲上的快乐,那把一切所有抛掷于尘埃中、非言语所能表达的快乐。

59

是的,我心爱的,我知道,这只是你的爱——这在树叶上跳舞的金光,这些飘过天空的闲云,这使我头额清爽地吹过的凉风。

晨光涌进我的眼睛——这是你传给我心的消息。你的面孔下俯,你的眼睛俯视着我的眼睛,而我的心爱抚着你的双足。

60

孩子们在大千世界的海滨聚会。头上是静止的无垠的天空。不宁的海波奔腾澎湃。在大千世界的海滨,孩子们欢呼跳跃地聚会着。

他们用沙子盖起房屋,用空贝壳来游戏。他们把枯叶编成小船,微笑着把它们漂浮在茫茫的海上。孩子在世界的海滨做着游戏。

他们不会游泳,他们也不会撒网。采珠的人潜水寻珠,商人们扬帆远航,孩子们收集了石子却又把它们丢弃了。他们不搜求宝藏,他们也不会撒网。

大海涌起了喧笑,海滩闪烁着苍白的微笑。致人死命的波涛,像一个母亲在摇着婴儿的摇篮一样,对孩子们唱着无意义的歌谣。大海在同孩子们游戏,海滩闪烁着苍白的微笑。

孩子们在大千世界的海滨聚会。风暴在无路的天空中激荡,船舶在无轨的海上颠覆,死亡在猖狂,而孩子们在游戏。在大千世界的海滨,孩子们正在举行盛大的聚会。

61

这掠过婴儿眼上的睡眠——有谁知道它是从哪儿来的吗?是的,有谣传说它住在林荫中萤火朦胧照着的仙村里,那里挂着两颗甜柔迷人的花蕊。它从那里来轻吻着婴儿的眼睛。

在婴儿睡梦中唇上闪现的微笑——有谁知道它是从哪儿来的吗?是的,有谣传说一线新月的微光,触到了消散的秋云的边缘,微笑就在被朝雾洗净的晨梦中,第一次出来了——这就是那婴儿睡梦中唇上闪现的微笑。

在婴儿的四肢上喷发的甜柔清新的生气,有谁知道它是在哪儿藏了这么久吗?是的,有谣传说当母亲还是一个少女时,它就在温柔安静的爱的神秘中,充塞在她的心里了——这就是那婴儿四肢上喷发的甜柔清新的生气。

62

当我送你彩色玩具的时候,我的孩子,我知道为何云中水上会浮现出这么多的颜色,为何花朵都有颜色——当我送你彩色玩具的时候,我的孩子。

当我唱歌而你跳舞的时候,我彻底地知道为何树叶上奏出音乐,为何波浪把它们的合唱送进静听的大地的心头——当我唱歌而你跳舞的时候。

当我把糖果递到你贪婪的手中的时候,我懂得为何花心里有蜜,为何水果里有甜汁——当我把糖果递到你贪婪的手中的时候。

63

你让陌生的朋友认识了我。你在别人家里为我准备了位置。你使距离缩短了,把生人当成兄弟。

在这必须离开故居的时候,我心里不安,我忘了旧人迁入新居,而且你也住在那里。

通过生与死,今生和来世,无论你带领我到哪里,都是你,仍是你,我的无穷生命中的唯一伴侣,永远用快乐的系链,把我的心和陌生人联在一起。

人们一旦认识了你,世上就没有陌生的人,也没有紧闭的门户。啊,请答应我的祈求,使我在与众生游戏之中,永不失去和你单独接触的福分。

64

在荒凉的河岸边,深草丛中,我问她:"姑娘,你用披风遮着灯,要去哪儿呢?我的房子黑暗寂寞——把你的灯借给我吧!"她抬起乌黑的眼睛,在暮色中看了我一会。"我到河边来,"她说,"要在太阳落山的时候,把我的灯漂浮到水上去。"我独自站在深草中,看着她那闪着微弱火光的灯,无用地在河水上漂流。

在寂静的黄昏,我问她:"你的灯火都已点燃了——那么你拿着这灯去哪儿呢?我的房子黑暗寂寞——把你的灯借给我吧。"她抬起乌黑的眼睛望着我的脸,站着沉吟了片刻。最后她说:"我来是要把我的灯献给上天。"我站着看她的灯在天空中无用地燃点着。

在朦胧的没有月亮的半夜,我问她:"姑娘,你为什么把灯抱在胸前呢?我的房子黑暗寂寞——把你的灯借给我吧?"她站住沉思了片刻,在黑暗中凝望着我的脸。她说:"我是带着我的灯来参加灯节的。"我站着看着她的灯,无用地消失在众多灯火之中。

65

从我满溢的生命之杯中,我的上帝。你要饮什么样的酒呢?

通过我的眼睛,来看你自己的创造,站在我的耳门上,来静听你自己的永恒的谐音,我的诗人,这是你的乐趣吗?

你的世界在我的心灵里织上文字,你的快乐又给文字配上音乐。你在梦中把自己交给了我,然后,又通过我来感觉你自己的全部温馨柔情。

66

那在神光离合之中,藏在我生命深处的她,那在晨光中永远不肯揭开面纱的她,我的上帝,我要用最后的一首歌把她包起来,作为我给你的最后的献礼。

求爱的话,已说过千遍万遍,但还没能赢得她的欢心;即使劝诱向她伸出渴望的臂,也纯属枉然。

我把她深藏在心里,到处游荡,我生命的荣枯围绕她起落。

她统治着我的思想,统治着我的行动和睡梦,她却自己独居索处。许多的人叩我的门来访问她,都失望地回去。

在这世界上从没有人当面见过她,她孤寂地守候着并期待着你的赏识。

67

你是天空,同时你也是窝巢。

啊,美丽的你,在窝巢里,就是你的爱,用色彩、声音和香气来拥裹住灵魂。

在那里,清晨来了,右手提着金色的篮筐,带着美的花环,默默地为大地加冕。

在那里，黄昏来了，越过荒无人烟的森林，穿过车马绝迹的小路，在她的金瓶里带着西方海上和平的凉风。

然而在那里，纯白的光辉统治着伸展着的、为灵魂翱翔的、无际的天空。在那里没有白天和黑夜，也没有形状和色彩，而且永远、永远没有言说。

68

你的阳光照到我的地上，整天伸臂站在我门前，把我的眼泪、叹息和歌曲变成的云彩，带回放在你的身边。

你高兴地将这云带围绕在你的心胸之上，缠成各种各样褶纹，还染上变幻莫测的色彩。

它是如此的轻柔，如此的飘扬、温软，含泪而黯淡，因此你就怜惜它。啊，你真是庄严无瑕的人。这就是为何它能够以它可怜的阴影遮掩你的可怕的白光的原因。

69

就是这股生命之泉，日夜流淌过我的血管，也流淌过世界，又和着节拍起舞。

就是这同一的生命，欢乐地从大地上破土而出，蔚为芳草无数，发为绿叶繁花，摇曳如波浪起伏。

就是这同一的生命，随着潮汐涨落，在生与死的海洋摇篮中摇摇晃晃。

我觉得我的四肢因受到生命世界的爱抚而光荣。我骄傲，因为时代的脉搏此刻在我血液中舞蹈。

70

这欢欣的旋律不能使你欢欣吗？不能使你心潮澎湃，消失碎裂在这恐怖的快乐旋转之中吗？

所有的事物急遽地前奔，它们不停留也不回头，任何力量都不能挽住他们，它们飞速地前奔。

季节和气候应和着这急速不宁的音乐，舞动着来了又去——色彩、声音、香味在这充溢的快乐里，汇合成奔流无尽的瀑布，时时刻刻地在飞溅、泻落而死亡。

71

我应当独自发扬光大,四周放射,将彩影投映于你的光辉之中——这便是你的奇妙境界。

你将自身用隔栏分开,用无数不同的音调来呼唤你的分身。你这分身已在我体内形成。

激昂的歌声响彻云天,在多彩的眼泪与微笑、震惊与希望中回应着;潮起潮落,梦破又圆。在我里面是你自身的破灭。

你卷起的那重帘幕,用昼和夜的画笔,绘出了无数的花样。幕后是用奇妙的曲线织成的你的座位,舍掉了一切无聊的笔直的线条。

你和我组成的伟丽的行列,铺满天空。因为你我的歌声,太空都在震颤,一切时代都在你我捉迷藏中度过了。

72

就是他,那最深奥的,用他隐藏的触摸使我清醒。

就是他把神符放在我的眼上,又快乐地在我心弦上弹弄出种种哀调。

就是他用金、银、青、绿的灵幻的色丝,织起幻境般的披纱。他的脚趾露出衣褶。在他的触摸之下,我忘却了自己。

日来年往,就是他总是以各种名字、各种姿态、各种深悲和极乐,来打动我的心。

73

在摒除欲念之中,我不需要拯救。在可以让千万人欢乐愉快的约束里,我感到了自由的拥抱。

你不停地在我的酒杯里满满地斟上不同颜色、不同芬芳的新酒。

我的世界,将以你的火焰点上他的万盏不同的明灯,安放在你殿堂之前。

不,我永不会丧失我的感觉。视、听、触的快乐会含带着你的快乐。

是的,我的一切幻想将会燃烧成快乐的光明,我的一切愿望将会结出爱的果实。

74

太阳落山了,暮色笼罩大地。是我到河边打水的时候了。

晚空和着水的凄音流露着切望。啊,它呼唤我走出暮色,荒径上没有人的行踪，风起了，波浪在河里翻腾。

我不知道是否应该回家去。我不知道我会遇到什么人。浅滩的小船上有个陌生人正在弹着琵琶。

75

你赐给我们世人的恩惠，满足了我们的一切需要，可是他们又毫未减少地返还到你那里。

河水每天的工作就是匆忙穿过田野和村庄；但它的连绵不绝的水流，又曲折地回来为你洗脚。

芬芳的花朵使周围的空气都变香了；但它最终的目的，是把自己献上给你。

世界不会因对你贡献而穷困。

人们从诗人的字句里，选取自己最爱的涵义；然而诗句的最终意义是指向着你。

76

一天一天过去了，啊！我生命的主，我能够和你对面而立吗？啊！宇宙的主，我能合掌和你对面而立吗？

在广阔的天空下，肃穆之中，我能够带着虔恭的心，和你对面而立吗？

在你的劳碌的世界里，充满着劳作和奋斗，在形形色色的人群中，我能和你对面而立吗？

当我已做完了今生的工作，啊，万王之王，我能够独自悄立在你的面前吗？

77

我知道你是我的上帝，却远远地站在一边——我不知道你是属于我的，就走近你。我知道你是我的父亲，就在你脚前俯首——我没有像对待朋友那样紧握你的手。

我没有在你降临的地方，站立等候，拥抱你，把你当作同道。

你是我兄弟的兄弟，但是我不理他们，不把我赚得的和他们平分，我认为只有这样做，才能和你分享我的一切。

在快乐和痛苦面前，我都没有站在人类的一边，我认为只有这样做，才能和你站在一起。

我畏缩着不肯牺牲性命，因此我没有跳入伟大的生命之洋里。

78

当宇宙初开,群星第一次射出灿烂的光辉,众神在天上集会,唱着:"啊,完美的图画,完全的快乐!"

有一位神忽然叫起来了:"光链里好像断了一环,一颗星星不见了。"

他们的琴弦猛然崩断了,他们的歌声戛然而止,惊惶地叫着:"对了,那颗消失的星星是最美的,她是宇宙的光荣!"

从那天起,他们不住地寻找那颗消失了的星星,很多人都在说,因为她丢了,世界失去了一种快乐。

只在庄严肃静的夜里,众星微笑着互相低语说:"寻找已没有用了,无缺的完美正笼罩着一切!"

79

假如我今生无缘遇到你,就让我永远感到惋惜——让我念念不忘,让我在醒时或梦中都怀着这悲哀的痛苦。

当我的日子在世界的闹市中度过,我的双手满捧着每日的赢利的时候,让我永远觉得我是一无所获——让我念念不忘,让我在醒时或梦中都怀带着这悲哀的痛苦。

当我坐在路边喘息,当我将卧具铺在尘土中,让我永远记着面前还有长长的道路——让我念念不忘,让我在醒时或梦中都怀带着这悲哀的苦痛。

当我的房子装饰好了,笛声吹起,欢声笑喧的时候,让我永远觉得我还没有请你光临——让我念念不忘,让我在醒时或梦中都怀带着这悲哀的苦痛。

80

我像一片秋天的残云,徒然在空中飘荡。啊,我的永远光耀的太阳!你的爱抚还没有蒸化我的水汽,使我与你的光明合而为一。因此我计算着和你分离的年月。

如果这是你的愿望,如果这是你的游戏,就请把我这流逝的空虚染上颜色,镀上金辉,让它在狂风中飘扬,舒卷成种种不同的奇观。

再者,如果你愿意在夜晚结束这场游戏,我就在黑暗中,或在苍白清晨的微笑中,在透明纯净的凉意中,溶化消失。

81

在许多轻闲的日子,我痛惜着虚度了的光阴。但是光阴并没有虚度,我的主。你掌握了我生命里寸寸的光阴。

你藏在万物的心里，培育着种子发芽，花蕾绽放，花落结果。

我困倦了，在闲榻上睡眠，想象一切工作都已完成。早晨醒来，我发现我的园里，开遍了各种奇异的花朵。

82

你的光明是无限的，我的主，你的时间是无法计算的。

日夜交替，时代犹如花开花落。你知道如何来等待。

你的世纪，一个接着一个，来完成一朵小小的野花。

我们的光阴不能荒废，因为没有时间，我们必须争取机缘。我们太穷苦了，千万不能迟到。

因此，当我把时间让给每一个性急的、向我索要时间的人时，我的时间就荒废了，最后你的神坛上就没有一点祭品。

一天过去，我赶忙前来，生怕你的门已经关闭；然而我发现时间还有余裕。

83

圣母啊，我要把我悲哀的眼泪变成项链，挂在你的颈上。

星星把光明做成脚镯，来装扮你的双足，但是我的项链要挂在你的胸前。

名利自你而来，也全凭你予取，然而这悲哀却完全是我自己的。当我把它当作祭品献给你的时候，你就用你的仁慈来答谢我。

84

分离之苦弥漫寰宇，在无际的天空中生出无数的情境。

就是这分离之愁，它默默地在星与星之间通宵凝望，又在七月阴雨之中，在萧萧的树籁中变成抒情的诗歌。

就是这弥漫着的分离之苦，它深化而成为爱欲，成为人间的苦乐；就是它始终通过诗人的心灵，融化、流涌而成为诗歌。

85

当士兵从他们主公的明堂里刚走出来时，他们的武力藏在哪里呢？他们的铠甲和刀剑藏在哪里呢？

他们显得无助、可怜，当他们从他们主公的明堂走出的那一天，如雨的箭矢飞射向他们。

当战士们整队走回他们主公的明堂里的时候,他们的武器藏在哪里呢?

他们放下了刀剑弓矢;和平在他们的头上发着光辉。当他们整队走回他们主公的明堂的那一天,他们把他们生命的果实留在后面了。

86

死亡,你的奴隶来到我的门前,他渡过无际的海洋降临到我家,来传达你的号令。

夜已经很深了,我心中感到害怕——但是我要端灯开门来,恭恭敬敬欢迎他。因为站在我门前的是你的使者。

我要含泪地合掌礼拜他。我要把我心中的财富,放在他脚前,来礼拜他。

完成使命后,他就要回去,在我的晨光中留下了阴影;在我寒酸的家里,只剩下孤独的我,作为最后献礼的祭品。

87

在渺茫的希望中,我在房里的每一处角落找她;可我找不到她。

我的房子很小,一旦丢失东西就永远找不回来。

然而你的房子是无边无际的,我的主,为了找她,我来到了你的面前。

我站在你笼罩着金色薄暮的天空下,抬起渴望的眼。

我来到了永恒的边涯,在这里万物不灭——无论是希望,是幸福或是从泪眼中望见的人面。

啊,让我把空虚的生命浸到这海洋里吧,跳进这最深的圆满里吧。让我在宇宙的完整里,感觉一次那失去的温馨的接触吧。

88

破庙里的神明啊!维那琴的断弦不再弹唱赞美你的诗歌。晚钟也不再宣告礼拜你的时间。你周围的空气是寂静无声的。

游荡的春风来到你荒凉的居所。春风带来了香花的消息——就是那以前供养你的香花,现在却无人来呈献了。

你往昔的崇拜者,漂泊流浪,总是企望那还未得到的恩典。黄昏来到,灯光明灭于尘影之中,他带着饥饿的心疲倦地回到这破庙里来。

破庙的神啊,对你来说,许多佳节都在静默中来到,许多礼拜之夜,竟是在无火无灯中度过了。

精巧的艺术家,造了许多新的神像,当他们的末日来到了,便被抛入遗忘的圣河里。

只有破庙的神明,遗留在无人礼拜的、永恒的冷淡之中。

89

我不再大声谈论了——这是我主的意旨。从那时起我轻声细语。我要用歌曲低唱出心里的话来。

人们急匆匆地到国王的市场上去,买卖的人都在那里。但到了工作繁忙的正午,我就提前离开。

那就让花朵在我的园中绽放,虽然还未到花开的时节;让蜜蜂在中午奏起它们慵懒的嗡鸣的乐曲。

我曾在理欲交战里花费了大量的时间,但如今是我闲暇时的游玩伙伴的雅兴把我的心拉到他那里去;我也不知道,这忽然的召唤会引到什么无用的结局。

90

当死神来到你的门前时,你将贡献给他什么呢?

啊,我要在我客人面前,摆上我的满斟的生命之杯——我一定不会让他空手回去。

我的所有的秋日和夏夜的丰美的收入,我短暂的一生中的所有获得和收藏,在我临死,死神来叩我的门的时候,我都要摆在他的面前。

91

啊,你这生命最后的完成,死亡,我的死亡,来向我低语吧!

我每天在守望着你;为你,我忍受着生命中的苦与乐。

我的所有存在,所有希望和所有的爱,总在秘密地向你奔流。你的眼睛向我最后一望,我的生命就永远是你的。

已为新娘编织好了花环。婚礼行过,新娘就要离家,在静夜里和她的主人单独相处了。

92

我知道这日子将要来到,当我眼中的尘世渐渐消失,生命把最后的帘幕拉过我的眼前,便默默地离去。

然而星辰将在夜中守望,晨曦仍旧升起,时间像海波的汹涌,激荡着欢乐与痛苦。

当我想到我的时间的终点，岁月的隔栏便破裂了。在死的光明中，我看见了你的世界和随手弃置的珍宝。最低微的座位是极其珍奇的，最卑贱的生物也是世间少有的。

我追求而不曾得到以及我已经得到的东西——让它们过去吧。只让我真正地据有那些我所摒弃和忽略的东西。

93

兄弟们，我已经请了假，祝我一路顺风吧！我向你们敬礼后就上路了。

我把我门上的钥匙交还——我放弃了我的房子。我只希望听你们最后的几句好话。

我们做邻居好久了，但是我得到的多，赋予的少。现在天已亮了，我屋角的灯光已灭，召命已来，我就准备启行了。

94

在我动身的时刻，祝我一路平安吧，我的朋友们！清晨的阳光洒满天空，我的前程是美好的。

不要问我带些什么到那边去。我只带着空空的手和期望的心。

我要戴上我婚礼的花冠。我穿的不是红褐色的行装，虽然前路充满艰难，我心里一点儿也不害怕。

旅程结束时，天空的星星就要出现了，从王宫的门口将奏出黄昏的凄乐。

95

当我刚跨过此生的门槛的时候，我并没有觉察。

是什么力量使我在这无边的神秘中在这夜半的森林里像一朵嫩蕊似的，开放！

早晨起来我看到光明，我立时觉得在这世界里我不是一个生人。那不可思议和不可名状的，早以我自己母亲的形象，把我抱在怀里。

就是这样，在死亡里，这同一的陌生者又要以我熟识的形象出现。因为我爱今生，我知道我也会一样地爱死亡。

96

当我离开的时候，把这个当成我的话别吧，就是说我所看过的是无与伦比的。

我曾尝过藏在光明海上开放的莲花里的蜜，因此我受了祝福——把这个当成我的话别吧。

在这形象万千的游戏室里，我已经游玩过，在这里我已经看了一眼那无形象的他。

我浑身上下因着那无从接触的他的摩抚而高兴得发颤；假若死亡在这里来临，就让它来吧——把这个当成我的话别吧。

97

当我和你一块做游戏的时候，我从没问过你是谁。我不会羞怯和惧怕，我的生活是热闹的。

清晨你就来把我叫醒，像我自己的伙伴一样，带着我跑过林野。

那些日子，我从来不想知道

你对我唱的歌曲有何意义。我只随声附和，我的心和着节拍翩翩起舞。

现在，已过了游戏的时光，这突然来到我眼前的情景是什么呢？世界低下头来看着你的双脚，和它的肃静的群星一同敬畏地站着。

98

我要用胜利品——我的失败的花环来装饰你。逃避征服，我永远做不到。

我早就知道我的骄傲会碰壁，我的生命将因极度的痛苦而炸裂，我的空虚的心就如同一枝空苇发出哀声，就是顽石也会融成眼泪。

我早就知道莲花的花瓣不会永远闭合，深藏的花蜜定将显露。

在碧空里将有一双眼睛凝视着我，默默地召唤我。我将绝对地一无所有，我将从你脚下领受绝对的死亡。

99

当我放下舵盘，我知道是你来接收的时候了。当发生的事马上要发生了，挣扎是无用的。

那就把手拿开，默默地承认失败吧，我的心啊，要想到能在你的岗位上默坐，还是幸运的。

一阵阵的微风吹灭了我的几盏灯，总是想把你们重新点起，我把其他的事情都忘却了。

这次我要聪明一点，把我的席子铺在地上，在暗中等候；不管什么时候，只要你愿意，我的主，就悄悄地走来坐下吧。

100

我跳进形象海洋的深处，渴望能得到那无形象的完整的珍珠。

我不再用我的旧船去海洋里遨游，我已经不乐于弄潮了。

现在我渴望在不死之中死去。

我要拿起我的生命的弦琴，进入无底深渊旁边，那座涌出无调的乐音的大厅。

我要调整我的琴弦，使它和永恒的乐音合拍，当它发出最后的声音时，就把我静默的琴儿放在静默的脚边。

101

我这一生永远以诗歌来寻求你。诗歌领我从这门走到那门，我和诗歌一同摸索、寻求着，接触着我的世界。

我所学过的功课，都是诗歌教给我的；诗歌指点我秘密的捷径，诗歌把我心里地平线上的许多星辰，带到我的眼前。

诗歌整天地带领我走向苦痛和快乐的神秘殿堂，最后，在我旅途终点的黄昏，诗歌又要把我带到哪一座宫殿的门口呢？

102

我在人们面前夸下海口说我认得你。在我的作品中，他们看到了你的影子。他们过来问我："他是谁？"我不知道如何回答。

我说："我真的说不出来。"他们责骂我，鄙夷地走了。你却坐在那里微笑。

我把你的事迹编成不朽的诗歌。秘密从我心中涌出。他们过来对我说："把所有的意思都告诉我们吧。"我不知道如何回答。

我说："啊，谁知道那是什么意思！"他们哂笑了，轻蔑之极地走开。你却坐在那里微笑。

103

在我向你合掌礼拜之中，我的上帝，让我一切的感知都在你的脚下舒展，接触这个世界。

像七月的湿云，带着还没落下的雨点沉沉下垂，在我向你合掌礼拜之中，让我全身心地在你的门前俯首。

让我所有的诗歌，汇聚起不同的调子，在我向你合掌礼拜之中，成为一股洪流，倾注入寂静的海洋。

像一群思乡的仙鹤，日夜飞向它们的山巢，在我向你合掌礼拜之中，让我全部的生命，启程回到它永久的家乡。

园丁集
（1913）

1

仆人

请对您的仆人施恩吧，我的女王！

女王

集会已经过了，我的仆人们都离开了。你为何来得这么晚呢？

仆人

您同别人谈过以后，剩下的时间就是我的了。
我来问有什么剩余的工作，好让您的最后一个仆人去完成。

女王

这么晚了你还想做什么呢？

仆人

让我做您花园的园丁吧。

女王

这是什么愚蠢的想法呢？

仆人

我要离开别的工作。
我把我的剑矛扔在尘埃里。不要派我去遥远的宫廷；不要命令我去开始新的征讨。只求您让我做花园里的园丁。

女王

你的职责是什么呢？

仆人

在您闲暇的时候为您服务。

我要保持您清晨散步的草径新鲜清爽,您每一移步将有甘于献身的繁花以赞颂来欢迎您的双足。

我将在七叶树的枝间为您推送秋千;夜半的月光将挣扎着从叶隙里吻您的衣裙。

我将在您床边的灯盏里添满香味的灯油,我将用檀香和番红花膏在您脚垫上涂画出美妙的图案。

女王

你要什么报酬呢?

仆人

只要您允许我像握着嫩柔的菡萏一般地握住您的小手,把花串套上您的纤腕;允许我用无忧花的红汁来染您的脚垫,以亲吻拂去残留在那里的尘埃。

女王

你的要求被接受了,我的仆人,你将是我花园里的园丁。

2

"啊,诗人,夜晚即将来临;你的头发已经变白。"

"在你孤寂的冥想中,你可听到了来生的消息?"

"是黄昏了。"诗人说,"天色虽然已经晚了,我还在静听,因为也许有人会从村中呼唤。

"我看守着,是否有年轻的失散的心聚在一起,两对渴望的眼睛是否在祈求有音乐来打破他们的沉默,并替他们诉说衷情。

"如果我坐在生命的岸边冥想着死亡和来世,又有谁来编写他们的热情的诗歌呢?

"早升的晚星消隐了。

"火葬灰中的红光在沉静的河边慢慢地熄灭了。

"残月的微光下,胡狼从空宅的庭院里齐声嗥叫。

"如果有游子们离了家,到这里来守夜,低头静听黑暗的微语,如果我关起门户，企图摆脱世俗的羁绊，有谁把生命的秘密向他耳边低诉呢？

"我的头发变白是一件小事。

"我是永远和这村里最年轻的人一样年轻，最年迈的人一样年迈。

"有的人发出甜柔单纯的微笑，有的人眼里含着狡黠的目光。

"有的人在白天泪如泉涌，有的人却在夜里掩泣垂泪。

"他们都需要我，我无暇去冥想来生。

"我和每一个都是同年的，我的头发变白了又有什么关系呢？"

3

清晨我把网撒在海里。

我从黑沉沉的海底拉出奇形怪状的东西——有些微笑般地发亮，有些眼泪般地闪光，有些晕红得像新娘的双颊。

当我携带着这一天的收获回到家里的时候，我的爱人正坐在园里悠闲地扯着花叶。

我低头想了想，就把我捞的所有东西放在她的脚前，沉默地站着。

她瞟了一眼说："这是些什么怪东西？我不知道这些东西有什么用处！"

我羞愧得低头，心想："我没有为这些东西去奋斗，也不是买来的；这不是一些配送给她的礼物。"

一晚上我把这些东西全部丢到街上。

早晨行路的人来了；他们把这些拾起带到远方去了。

4

我真烦，为何他们把我的房子盖在通向市镇的路边呢？

他们把满载的船只拴在我的树上。

他们随意地游来逛去。

我坐着看着他们；时光一点一点地消耗了。

我不能拒绝他们。这样我的日子便过去了。

日日夜夜他们的足音在我门前回响。

我无奈地叫道："我不认识你们。"

有些人是我的手指所认识的，有些人是我的鼻子所认识的，有些人是我脉管

中的血液所认识的,有些人是我的魂梦所认识的。

我不能拒绝他们。我呼唤他们说:"谁愿意到我房里来就请来吧。对了,来吧。"

清晨,庙里的钟声敲起。

他们提着篮子来了。

他们的脚像玫瑰一样的红艳。熹微的晨光照在他们的脸上。

我不能拒绝他们。我呼唤他们说:"到我园里来采花吧。到这里来吧。"

中午,庙前的锣声敲起。

我不知道他们为什么放下工作在我的篱笆旁流连。

他们发上的花朵已经枯萎褪色了;他们横笛里的音调也显得乏倦。

我不能拒绝他们。我呼唤他们说:"我的树荫下是凉爽的。来吧,朋友们。"

夜里蟋蟀在林中唧唧地叫。

是谁轻轻地叩响了我的门扉?

我模糊地看到他的脸,他一句话也没说,四周只有天空的静默。

我不能拒绝我的沉默的客人。我从黑暗中望着他的脸。梦幻的时间过去了。

5

我心绪不宁。我渴望着遥远的事物。

我心不在焉,要去触摸幽暗的远处的边缘。

啊,"伟大的来生",啊,你笛声的热烈的呼唤!

我忘却了,我总是忘却了,我没有飞翔的羽翼,我永远束缚在这地点。

我渴望而又清醒,我是一个异乡的异客。

你的气息向我低语出一个不可能的希望。

我的心领会你的语言,就像它懂得自己的语言一样。

啊,"遥远的寻求",啊,你笛声的热烈的呼唤!

我忘却了,我总是忘却了,我不认得路,我也没有飞马。

我心绪不宁,我是自己心中的流浪者。

在慵倦时光的日霭中,你广大的幻象在天空的蔚蓝中显现!

啊,"最远的尽头",啊,你笛声的热烈的呼唤!

我忘却了,我总是忘却了,在我独自居住的房子里,所有的门户都是紧闭的!

6

家养的鸟在笼里，自由的鸟在林中。

时间到了，命中注定了他们的相会。

自由鸟说："啊，我的爱人，让我们飞到林中去吧。"

笼中鸟低声说："到这里来吧，让我俩都住在笼里。"

自由鸟说："在狭小的笼子里，哪有展翅的余地呢？"

"可怜啊，"笼中鸟说，"在天空中谁知道去哪里栖息。"

自由鸟叫唤说："我的宝贝，唱起林野之歌吧。"

笼中鸟说："坐在我旁边吧，我要教你说学者的语言。"

自由鸟叫唤说："不，不！歌曲是不能传授的。"

笼中鸟说："可怜的我啊，我不会唱林野之歌。"

他们的爱情越来越热烈，然而他们永不能比翼双飞。

他们隔栏相望，而他们相知的愿望是虚空的。

他们在依恋中振翼，唱说："靠近些吧，我的爱人！"

自由鸟叫唤说："我做不到的，我害怕这笼子的紧闭的门。"

笼中鸟低声说："我的翅膀没有一点力量，而且已经退化了。"

7

啊，母亲，年轻的王子要从我们门前经过——今天早晨我哪还有心思干活呢？

请教给我怎样挽发；告诉我应该穿哪件衣裳。

为什么惊讶地瞅着我呢，母亲？

我明明知道他不会仰视我的窗户；我明白一刹那他就要走得看不见人影；只有逐渐消失的笛声将从远处向我呜咽。

可是那年轻的王子将从我们门前走过，这时节我要穿上最好的衣裳。

啊，母亲，年轻的王子已经从我们门前经过了，早晨的太阳从他的车辇里射出金光。

我从脸上撩开面纱，我从颈上扯下红宝石的颈环，扔在他走来的路上。

你为什么惊讶地瞅着我呢，母亲？

我明明知道他没有拾起我的颈环；我知道颈环在他的轮下碾碎了，仅仅在尘土上留下了红斑，没有人知道我的礼物是什么样子，也不知道给谁的。

可是那年轻的王子曾经从我们门前经过,我也曾经把我胸前的珍宝丢在他走来的路上了。

8

当我床前的灯熄灭了,我和清晨的鸟儿一同醒起。

我在蓬松的头发上戴上新鲜的花串,坐在打开的窗前。

在玫瑰色的朝霭中那年轻的行人从大路上走来了。

珠链在他的颈上。阳光在他的冠上。他停在我的门前,用热情的呼声问我:"她在哪里呢?"

因为深深害羞,我不好意思说出:"她就是我,年轻的行人,她就是我。"

黄昏时分,灯还没有点亮。

我心绪不宁地编着辫子。

在落日的余晖中年轻的行人驾着车辇来了。

他的驾车的马,嘴里喷着白沫,他的衣袍上蒙着尘土。

他在我的门前下车,用疲乏的声音问:"她在哪里呢?"

因为深深害羞,我不好意思说出:"她就是我,疲倦的行人,她就是我。"

四月的一个夜晚。我的屋里点着灯。

南风轻柔地吹来。絮聒的鹦鹉在笼里睡着了。

我的胸衣和孔雀颈毛一样的颜色,我的披纱和嫩草一样的青翠。

我坐在窗前地上看望着寂无人迹的街道。

透过黑暗的夜我不住地低吟着:"她就是我,失望的行人,她就是我。"

9

当我在夜里独赴幽会的时候,鸟儿不唱了,风儿不动了,街道两旁的房屋沉默地站立着。

感到我自己的脚镯越走越响,我感到羞怯。

当我站在阳台上倾听他的足音的时候,树叶不摇,河水静止得就像熟睡的哨兵膝上的刀剑。

是我自己的心在狂跳——我不知道怎样使它平静。

当我的爱人来了,坐在我身旁,当我的身躯颤抖,我的眼帘下垂,夜更深了，风吹灯灭，云片在繁星上曳过轻纱。

放出光明的是我自己胸前的珍宝。我不知道怎样把它遮掩。

10

放下工作吧，我的新娘。听，客人来了。

你是否听见，他在轻轻地摇动门闩上的链子？

小心不要让你的脚镯响出声音了，在迎接他的时候你的脚步不要太急。

放下工作吧，新娘，客人在晚上来了。

不，这不是一阵阴风，新娘，不要惊慌。

这是四月夜中的满月，院里的影子是暗淡的，头上的天空是明亮的。

若是你觉得需要，把轻纱遮上脸；若是你害怕，提着灯到门前去。

不，这不是一阵阴风，新娘，不要惊惶。

若是你害羞就不用和他说话，迎接他的时候你只须站在门边。

他若问你话，若是你愿意这样做，你就沉默地低头。

当你提着灯，带他进来的时候，不要让你的手镯作响。

如果你害羞，不必同他说话。

你的工作还没有完吗，新娘？听，客人来了。

你还没有把牛棚里的灯点起来吗？

你还没有把晚祷的供筐准备好吗？

你还没有在发缝中涂上鲜红的吉祥点，你还没有化过晚妆吗？

啊，新娘，你难道没有听见，客人来了吗？

把你的工作放下吧。

11

你就这样地来吧；不要在梳妆上拖延时间了。

即使你的辫发松散，即使你的发梢没有分直，即使你胸衣的丝带没系好，都不要管它。

你就这样地来吧；不要在梳妆上消磨时间了。

来吧，以轻快的步伐踏过草坪。

即使露水粘掉了你脚上的丹粉，即使你脚上的铃串松了，即使你链上的珠儿脱落，都不要管它。

来吧，以轻快的步伐踏过草坪吧。

你是否看见云雾遮住天空？

成群的白鹤从远处的河岸飞起，狂风吹过常青的灌木。

惊牛奔向村里的棚棚。

你是否看见云雾遮住天空？

你徒然点亮晚妆的灯火——它在风中颤摇着熄灭了。

谁能看出你眼睫上没有涂上乌烟？因为你的眼睛比雨云还黑。

你徒然点亮晚妆的灯火——它熄灭了。

你就这样来吧，不要在梳妆上消磨时间了。

即使花环没有穿好，谁管它呢；即使手镯没有扣上，随它去吧。

天空布满云霾，时间不早了。

你就这样地来吧；不要在梳妆上消磨时间了。

12

如果是你要忙着把水瓶灌满，来吧，到我的湖上来吧。

湖水将回绕在你的脚边，潺潺地道出它的秘密。

即将来临的雨云的阴影出现在沙滩上，云雾像你眉上的浓发，低垂在丛树的绿线上。

我是多么熟悉你脚步的韵律啊，它在我心中敲击。

来吧，到我的湖上来吧，若你必须把水瓶灌满。

若你想懒散闲坐，让你的水瓶漂浮在水面，来吧，到我的湖上来吧。

碧绿的草坡上，野花多得数不清。

你的思想将飞出你乌黑的眼睛，如同鸟儿飞出窝巢。

你的披纱将滑落到脚上。

来吧，如果你要闲坐，到我的湖上来吧。

如果你想放弃嬉游跳进水里，来吧，到我的湖上来吧。
把你的蔚蓝的丝巾留在岸上；蓝蓝的水将淹没你，盖住你。
水波会轻手轻脚地来吻你的颈项，在你耳边说句悄悄话。
来吧，如果你想跳进水里，到我的湖上来吧。
如果你想发狂而投入死亡，来吧，到我的湖上来吧。
它是清凉的，深不可测。
它黑沉沉的像无梦的睡眠。
在它的深处黑夜就是白天，歌曲就是静默。
来吧，如果你想投入死亡，到我的湖上来吧。

13

我什么都不需要，只站在林边树后。
倦意还残留在黎明的眼上，露润在空气里。
湿草懒懒地悬垂在地面的薄雾中。
你用奶油般柔嫩的手在榕树下挤着牛奶。
我静静地站立着。

我什么也没说。那是藏在密叶中的鸟儿在歌唱。
村边小路旁的芒果树开满了花，蜜蜂一只一只地嗡嗡飞来。
池塘边湿婆天的庙门开了，朝拜的人开始诵经。
你把罐儿放在膝上挤着牛奶。
我提着空桶站立着。

我没有走近你。
天空和庙里的锣声一同响起。
街上的尘土在急走的牛蹄下飞扬。
女人们把汨汨发响的水瓶搂在腰上，从河边走来。
你的首饰叮当作响，乳沫溢出罐沿。
晨光渐逝而我没有走近你。

14

我在路边行走，也不知道为什么，已过正午时分，风吹在竹林中簌簌作响。

横斜的影子伸臂拖住流光的双腿。
布谷鸟都唱得疲倦了。
我在路边行走,不知道为什么。

水边的茅屋被低垂的树荫盖住。
有人正忙着工作,她的首饰在一角叮当作响,如同音乐一样动听。
我在茅屋前面站着,不知道为什么。

弯弯的小路穿过一片芥菜田地和几层芒果树林。
它经过村庙的渡头的市集。
我在这茅屋面前停住了,不知道为什么。
好几年前,一个有风的三月天,春天疲倦的低语,芒果花落在地上。
浪花跳起掠过立在渡头阶沿上的铜瓶。
我想着这个有风的三月天,不知道为什么。

天色暗了下来,牛群回到了栅栏里。
冷落的牧场上日色苍白,村人在河边等待着渡船。
我慢慢地走回去,不知道为什么。

15

我像麇鹿一样在林荫中飞跑,为着自己的香气而发狂。
夜晚是五月中旬的夜晚,清风是南国的清风。
我迷了路,我彷徨无助,我寻求那得不到的东西,我得到我所没有寻求的东西。

我自己的愿望的形象从我心中走出,手舞足蹈。
这闪光的形象飞掠过去。
我想把它牢牢抓住,它躲开了又引着我飞走下去。
我寻求那得不到的东西,我得到我所没有寻求的东西。

16

手挽着手,眼对着眼;这样开始了我们的心的纪录。

这是三月的月明之夜，空气中时有凤仙花的芬芳；我的横笛抛在地上，你的花串也没有编成。

你我之间的爱如同歌曲一样的单纯。

你橙黄色的面纱使我醉眼陶然。

你给我编的茉莉花环使我心迷神驰，像是受了赞扬。

这是一个欲予故夺、欲露故隐的游戏；有些微笑，有些羞怯，也有些甜柔的无用的抵拦。

你我之间的爱如同歌曲一样的单纯。

没有超越现实的神秘；没有对那些做不到的事情的强求；没有魅力后面的阴影；没有黑暗深处的探索。

你我之间的爱如同歌曲一样的单纯。

我们没有走出一切语言之外进入永远的沉默；我们没有向空虚伸手寻求希望以外的东西。

我们付与，我们取得，这就够了。

我们没有把喜乐压成微尘来榨取痛苦之酒。

你我之间的爱如同歌曲一样的单纯。

17

黄鸟在自己的树上歌唱，使我的心欢腾雀跃。

我们两人住在一个村子里，这是我们的一份快乐。

她心爱的一对羊羔，到我们花园里树荫下吃草。

它们若走进我的麦地，我就把它们抱在臂里。

我们村子名叫卡遮那，人们管我们的小河叫安遮那。

我的名字村人都知道，她的名字是兰遮那。

我们中间只隔着一块田地。

在我们树里做窝的蜜蜂，飞到他们林中去采蜜。

从他们河埠上流来的落花，飘到我们洗澡的溪流里。

一篮篮的红花从他们地里送到我们的市集上。

我们村子名叫卡遮那，人们管我们的小河叫安遮那。

我的名字村人都知道,她的名字是兰遮那。

通往她家的那条曲巷,春天充满了芒果的花香。

他们亚麻籽成熟的时候,我们地里的大麻正在开放。

在他们房上微笑的繁星,送给我们以同样的闪亮。

在他们水槽里满溢的雨水,也使我们的迦昙树林欢欣。

我们村子名叫卡遮那,人们管我们的小河叫安遮那。

我的名字村人都知道,她的名字是兰遮那。

18

当这两个姐妹出去打水的时候,她们来到这个地方,她们微笑了。

她们一定觉察到,每次她们出来打水的时候,那个站在树后的人儿。

当她们走过这地方的时候,姐妹俩相互耳语。

她们一定猜到了,每逢她们出来打水的时候,那个人站在树后的秘密。

当她们走到这地方的时候,她们的水瓶忽然倾倒,水倒出来了。

她们一定发觉,每逢她们出来打水的时候,那个站在树后的人的心都在跳着。

姐妹俩相互瞥了一眼又微笑了,当她们来到这地方的时候。

她们飞快的脚步里带着笑声,缭乱了这个每逢她们出来打水的时候站在树后的人儿的心魄。

19

满满的水瓶挂在你的腰间,你在河边路上行走。

你为什么蓦然回头,透过飘扬的面纱偷偷地看我?

这个从黑暗中向我送来的目光,像凉风在粼粼的微波上掠过,一阵震颤直到朦胧的岸边。它向我飞来,像夜里的小鸟飞快地穿过无灯的屋子的两边洞开的窗户,又消失在黑夜中了。

你像一颗隐在山后的星星,我是路上的过客。

然而你为何站了片刻,透过面纱瞥视我的脸,当你腰间挂着灌满的水瓶在河边路上行走的时候?

20

他,来了又走了,每天如此。

去，把我头上的花朵送去给他吧，我的朋友。
如果他问赠花的人是谁，我请别告诉我的名字——因为他来了又要走的。
他在树下的地上坐着。
用繁花密叶给他铺设一个座位吧，我的朋友。
他忧郁的眼神，把忧郁带到我的心中。
他没有说出他的心事；他只是来了又走了。

21

当天色黎明的时候，这年轻的游子，他为什么特地来到我的门前？
每次我进出经过他的身旁，我的眼睛总被他的面庞所吸引。
我不知道应该同他说话还是保持沉默。他为什么特地到我门前来呢？

七月的阴夜黑沉沉的，秋季的天空是浅蓝的；南风把春天吹得骀荡不宁。
他每次用新调编着新歌。
我放下活计眼里蒙蒙眬眬。他为什么特地到我门前来呢？

22

当她急步走过我的身旁，她的裙角触到了我。
从一颗心的小岛上忽然吹来一阵春天的温馨。
刹那间的飞触缭乱着我，立刻又消失了，犹如扯落的花瓣在和风中飘扬。
它落在我的心上，有如她的身躯的叹息和她心灵的低语。

23

你为何悠闲地坐在那里，把手镯玩得叮当作响呢？
灌满你的水瓶吧。该是回家的时候了。

你为何悠闲地玩着水，偷偷地瞥视路上的行人呢？
把你的水瓶灌满回家去吧。

时间已过了早晨——沉黑的水不住地流逝。
波浪相互嬉笑闲玩着。
流荡的云片聚集在远方高地的天边。
它们悠闲地看着你的脸微笑着流连着。

把你的水瓶灌满回家去吧。

24

不要藏起你心的秘密，我的朋友！

对我说吧，悄悄地对我一个人说吧。

你这个笑得这样温柔、说得这样轻软的人，我将用心去听你的语言，不是耳朵。

夜已深，庭院十分宁静，鸟巢被睡眠笼罩着。

从彷徨的眼神里，从沉吟的笑容里，从甜柔的羞怯和痛苦里，告诉我你心中的秘密吧。

25

"到我们这里来吧，年轻人，老实告诉我们，为什么你眼里透着疯癫？"

"我不知道我喝了什么野罂粟花酒，使我的眼里透着疯癫。"

"啊，好不害羞！"

"好吧，有的人聪明有的人愚拙，有的人细心有的人马虎。有的眼睛会笑，有的眼睛会哭——我的眼睛是透着疯癫的。"

"年轻人，你为什么这样一动不动地站在树影下呢？"

"我的脚被我沉重的心压得如此疲倦了，我就在树影下一动不动地站着。"

"啊，好不害羞！"

"好吧，有人一直行进，有人到处留恋，有的人是自由自在，有的人是束手缚足——我的脚被我沉重的心压得疲倦了。"

26

"只要是从你慷慨的手里所赋予的，我都接受。我并不需要别的什么。"

"是了，是了，我明白你，谦卑的乞丐，你是乞求一个人的一切所有。"

"如果你给我一朵残花，我要把它戴在心上。"

"如果那花上有刺呢？"

"我就忍受着。"

"是了，是了，我明白你，谦卑的乞丐，你是乞求一个人的一切所有。"

"假如你只向我脸上瞥来一次爱怜的眼光，就会使我的生命直到死后仍然甜蜜。"

"如果那只是冷酷的眼色呢？"

"我要让它永远穿透我的心。"

"是了，是了，我明白你，谦卑的乞丐，你是乞求一个人的一切所有。"

27

"即使爱只给你带来了哀愁，也请你信任它。不要把你的心扉关起。"

"啊，不，我的朋友，你的话语太隐晦了，我不明白。"

"心是应该和一滴眼泪、一首诗歌一起送给人的，我的爱人。"

"啊，不，我的朋友，你的话语太隐晦了，我不明白。"

"喜乐如同露珠一样的脆弱，它在欢笑中死去。哀愁却是坚强而耐久。让含愁的爱在你眼中醒起吧。"

"啊，不，我的朋友，你的话语太隐晦了，我不明白。"

"荷花在日中开放，舍弃了自己的一切所有。在永生的冬雾里，它将不再含苞。"

"啊，不，我的朋友，你的话语太隐晦了，我不明白。"

28

你询问的眼光是悲伤的。它要追探了解我内心深处的意思，好像月亮探测大海。

我已经把生命的终始，自始至终地暴露在你的眼前，没有任何隐藏和保留。因此你不认识我。

如果它是一块宝石，我就能把它碎成千百颗粒，串成项链挂在你的颈上。

如果它是一朵花，圆圆小小香香的，我就能从枝上采来戴在你的头发上。

然而它是一颗心，我的爱人。哪儿是它的边，哪儿是它的底呢？

你不知道这个王国的疆界，但你仍是这王国的女王。

如果它是片刻的欢乐，它将在嬉笑中开花，你立刻就会看到、懂得了。

如果它是一阵痛苦，它将融化成晶莹的泪水，不用一句话地反映出它最深的秘密。

然而它是爱，我的爱人。

它的欢乐和痛苦是无边无际的，它的需求和财富是无穷无尽的。

它和你的生命一样亲近，然而你永远不能完全了解它。

29

对我说吧,我的爱人!用言语告诉我你唱的是什么。

夜黑沉沉的,星星躲在云里,风在叶丛中叹息。

我将披着我的散发,我的靛蓝的披风将像黑夜一样地紧裹着我。我将把你的头紧抱在胸前;在恬静中向你心头低诉。我将闭目聆听。我不会凝望你的脸。

等到你说完话,我们将沉默凝坐。只有丛树在黑暗中私语。

天色已经发白,天就要亮了!我们将望望彼此的眼睛,然后各走各的路。

对我说话吧,我的爱人!用言语告诉我你唱的是什么。

30

你是一朵夜晚的云彩,在我梦幻中的天空漂浮。

我永远用爱恋的渴想来描绘你。

你是我一个人的,我一个人的,我无边的梦幻中的居住者!

你的双脚被我心火热的光芒染成绯红,我的夕阳之歌的搜集者!

我的苦酒使你的嘴唇苦甜。

你是我一个人的,我一个人的,我寂静的梦幻中的居住者!

我用热情的浓影染黑了你的眼睛,我的凝视深处的崇拜者!

我捉住了你,缠住了你,我的爱人,在我音乐的罗网里。

你是我一个人的,我一个人的,我永生的梦幻中的居住者!

31

我的心如同旷野的鸟,在你的双眼中找到了天空。

你的眼睛是清晓的摇篮,你的眼睛是星辰的王国。

我的诗歌在它们的深处消失。

就让我在这天空中高飞,翱翔在静寂的无垠的空间里。

就让我冲破它的云层,在它的阳光中展翅飞翔吧。

32

告诉我,这一切是否都是真的。我的情人,告诉我,这一切是否是真的。

当这一对眼睛闪射出电光，你胸中的浓云就报之以风暴。

我的唇儿，真像觉醒的初恋的蓓蕾那样香甜吗？

那逝去的五月的回忆仍旧萦绕在我的肢体上吗？

那大地，真的像一张琴因为我双足的踏触而颤成诗歌吗？

那么当我来时，从夜的眼睛里真的落下露珠，晨光也真因为拥抱了我的身躯而感到喜悦吗？

是真的吗，是真的吗，你的爱历尽千万万代，走遍大千世界来寻找我吗？

当你最后找到了我，你年深日久的热情真的在我的温柔的话里，在我的眼睛、嘴唇和飘扬的头发里，找到了完全的安宁吗？

那么"无限"的神秘是真的写在我的额角上吗？

告诉我，我的情人，这一切是否都是真的。

33

我爱你，我的爱人。请饶恕我的爱。

我像一只迷路的鸟，被捉住了。

当我的心颤抖的时候，它抛开了围纱，变成赤裸。用怜悯遮住它吧。爱人，请饶恕我的爱。

如果你不能爱我，爱人，请饶恕我的痛苦。

不要远远地斜着眼睛看我。

我会偷偷地回到我的角落里去，在黑暗中坐地。

我将用双手掩起我赤裸的羞惭。

转过身去吧，我的爱人，请饶恕我的痛苦。

如果你爱我，爱人，请饶恕我的欢乐。

当我的心被快乐的洪水卷走的时候，不要笑我的急流勇退。

当我坐在宝座上，用我疯狂的爱来统治你的时候，当我如同女神一样向你施舍恩惠的时候，饶恕我的骄傲吧，爱人，也饶恕我的欢乐。

34

请不要不辞而别，我的爱人。

我守候了一夜，现在我脸上睡意浓浓。

生怕我在梦中把你丢失了。
不要不辞而别,我的爱人。

我半夜惊醒后伸出双手去触摸你,我问自己说:
"这是梦吗?"
但愿我能用我的心系住你的双足,紧抱在胸前!
不要不辞而别,我的爱人。

35

就怕我太轻易地认得你,你对我不真诚。
你用欢笑的闪光使我目盲来掩盖你的眼泪。
我知道,我知道你的妙计,
你从不说出你所要说的话。
就怕我没能珍爱你,你千方百计地闪避我。
就怕我把你和大家混在一起,你独自站在一边。
我知道,我知道你的妙计,
你从不走你所要走的路。

你的要求超过其他人,
所以你才静默。
你用嬉笑的无心来回避我的赠与。
我知道,我知道你的妙计,
你从不肯接受你想接受的东西。

36

他轻声说:"我的爱人,抬起眼睛吧。"
我严厉地责骂他说:"走!"可是他不动。
他站在我面前,将我的双手拉住。我说:"离我远点!"可是他没有走。

他把脸靠近我的耳边。我瞪他一眼,可是他没有动。
他的嘴唇触到我的脸颊。我震颤了,说:"你太过分了!"可是他一点也不害羞。

他把一朵花插在我头发上。我说:"没有用的!"可是他站着不动。

他摘下我颈上的花环就走开了。我哭了,问我的心说:"他为什么不回来呢?"

37

"你愿意把你的鲜花的花环挂在我的颈上吗,美人?"

"但是你必须知道,我编的那个花环,是为大家编的,为那些偶然瞥见的人,住在未开发的大地上的人,生活在诗人歌曲里的人。"

现在来请求我的心作为答赠已经太晚了。

曾有一个时候,我的生命像一朵蓓蕾,它所有的芳香都储藏在花心里。

现在它已可以散之四方了。

谁知道有什么魅力,可以把它们重新收集贮藏起来呢?

我的心不容我只献给一个人,它是要给予许多人的。

38

我的爱人,从前有一天,你的诗人在他的心里投出了一首伟大的史诗。

啊,我不留神,它打到你叮当的脚镯上引起了悲愁。

它裂成诗歌的碎片散撒在你的脚边。

我装满了一切古代战争的货物,却都被笑浪颠簸,被眼泪浸透而下沉。

你必须使这损失成为我的收获,我的爱人。

如果我的死后不朽的荣名的希望都破灭了,那就在生前使我不朽吧。

我不会为这损失伤心,也不会责怪你。

39

一个早晨我都想编一个花环,可是花儿滑掉了。

你坐在一旁偷偷地看着我。

这一对沉黑的恶作剧的眼睛,我问你,这是谁的错。

我想唱一支歌,可是唱不出来。

一个暗笑在你唇上颤动;你问它我失败的缘由。

让你微笑的唇儿发一下言,说我的歌声是如何地消失在沉默里,就如同一只

在荷花里沉醉的蜜蜂。

夜已深了，是花瓣合起的时候了。
请允许我坐在你的身边，允许我的唇儿做那在沉默中、在星辰和微光中能做的事吧。

40

当我来向你告别的时候，一个怀疑的微笑在你眼中闪现。
我来告别的次数太多了，你想我很快又会回来。
说句实话，我自己心里也有同样的怀疑。
因为春天年年回来；圆月别后重访，花儿每年回来在枝上红晕着脸，很可能我的辞行只为了要再回到你的身边。
把幻象保留一会吧，不要粗率地把它赶走。
当我说我要永远离开你的时候，你就把它当作真话，让泪雾暂时加深你眼边的黑影。
当我再来的时候，你再尽情地狡笑吧。

41

我想对你说出我的秘密，我不敢，我怕你嘲笑。
因而我嘲笑自己，把我的秘密在玩笑中打碎。
我把我的痛苦说得轻松，因为怕你会这样做。

我想对你说出我的秘密，我不敢，我怕你不信。
因而我弄真成假，说出了违心的话。
我把我的痛苦说得可笑，因为我怕你会这样做。
我想用最珍贵的名词来形容你，我不敢，我怕得不到相应的报酬。
因而我给你安上苛刻的名字，用以表现我的硬骨。
我伤害你，因为怕你永远不知道我的痛苦。

我渴望静静地坐在你的身旁，我不敢，只恐我心中的话会跳到我的唇上。
因此我故作轻松地说这说那，把我的心藏在语言的后面。

我残暴地对待我的痛苦,因为我怕你会这样做。

我渴望从你身边走开,我不敢,怕你看出我的怯懦。
因而我随随便便地昂首走到你的前面。
你眼里不断形成的刺激,使我的痛苦永远新鲜。

42

啊,疯狂的醉汉;
假如你踢开门户在大众面前装疯;
假如你在一夜倒空囊橐,对慎重轻蔑地弹着指头;
假如你走着奇怪的道路,做着无用的游戏,
不去管它韵律和理性;
假如你在风暴前扬起船帆,你把船舵折成两半,
那么我就要跟随你,伙伴,喝得烂醉走向堕落灭亡。

我在稳重聪明的街坊中间虚度了无数光阴。
过多的知识使我白了头发,过多的观察使我眼力模糊。
这么多年来我积攒了许多零碎的东西:
把这些东西摔碎,在上面跳舞,让它们随风而去吧。
因为我知道喝得烂醉而堕落灭亡,是最高的智慧。

让一切不必要的顾虑消亡吧,让我无望地迷失路途吧。
让一阵旋风吹来,把我连船锚一起卷走。
世界上生活着高尚的人,劳动的人,他们既有用又聪明。
有的人很从容地走在前头,有的人庄重地跟在后面。
让他们快乐繁荣吧,让我愚昧和无用吧。
因为我知道喝得烂醉而堕落灭亡,是一切的结局。

此刻我誓将一切的要求,让给正人君子。
我抛弃我学识的自豪和是非的判断。
我打碎记忆的瓶壶,挥洒最后的眼泪。

用红果酒的泡沫来洗澡，让我欢笑发出光辉。

我暂且撕裂温顺和认真的标志。

我要发誓做一个无用的人，喝得烂醉而堕落灭亡下去。

43

不，我的朋友，我永不会做一个苦行者，不管你怎么说。

假如她不和我一同受戒，我将永不做一个苦行者。

这是我坚定的决心，假如我找不到一个阴凉的住处和一个忏悔的伴侣，我将永远不会变成一个苦行者。

不，我的朋友，我将永不离开我的炉火与家庭，去退隐到深山老林。

假如在林荫中听不到欢笑的回响；假如没有郁金色的衣裙在风中飘扬；

假如它的幽静不因有轻柔的微语而加深。

我将永不会做一个苦行者。

44

长老，饶恕这一对罪人吧。

今天春风猖狂地吹起旋舞，扫除了枯叶，卷走了尘土，你的教训也随之消失了。

师父，不要说人生是虚空的。

因为我们和死亡订下一次合约，在一段芬芳的时间中，我俩将得到永生。

哪怕是国王的军队凶猛地前来追捕，我们也要悲哀地摇头说，弟兄们，你们扰乱了我们了。如果你们必须做这个吵闹的游戏，到别处去动你们的干戈吧。因为我们刚在这片刻飞逝的时光中得到永生。

如果善良的人们围拢过来了，我们将恭敬地向他们鞠躬说，这个荣幸让我们惭愧。在我们居住的无限天空之中，没有多少容身之地。因为在春天繁花盛开，蜜蜂的忙碌的翅翼也彼此摩挤。只住着我们两个仙人的小天堂，是狭小得太可笑了。

45

对那些定要离开的客人们，求老天帮他们走快点，并且清除掉他们所有的足迹。

把舒服的、纯洁的、亲近的微笑一起抱在你的怀里。

今天是幻影的节日，他们不知道自己的末日。

让你的笑声像浪花上的闪光，只作为无意义的欢乐。

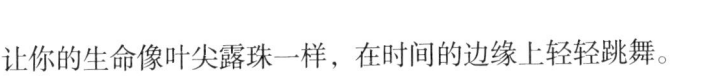

让你的生命像叶尖露珠一样,在时间的边缘上轻轻跳舞。
用你的琴弹出暂定的音调吧。

46

你独自一人走了。
我将为你忧伤,还会用金色的诗歌铸成你孤寂的塑像,供养在我的心里。

可是,我的坏运气只是短促的。
青春一年一年地消逝;春天是暂时的;柔弱的花朵无情地凋谢,聪明人告诫我说,人生只是一颗荷叶上的露珠。
我可以不管这些,只凝望着背弃我的那个人吗?
这会是无益的,愚蠢的,因为时间太短暂了。

那么,来吧,我在雨夜的足音声;微笑吧,我金色的秋天;来吧,无牵无挂的四月,散掷着你的亲吻。
你来吧,还有你,也有你!
我的情人们,你知道我们都是凡人。为一个取回她的心的人而心碎,明智吗?因为时间是短暂的。

在屋角坐着凝思,把我的世界中的你们都写在韵律里,是甜柔的。
抱紧自己的忧伤,绝不受人安慰,是勇敢的。
然而一个新的面庞,在我门外偷窥,抬起眼来看我的眼睛。
我只能拭去眼泪,改变我的曲调。
因为时间是短暂的。

47

如果你愿意这样,我就结束歌唱。
如果我注视的目光使你的心跳,我就把眼光从你的脸上挪开。
如果使你在行走时受了惊吓,我就躲开另觅别路。
如果在你编串花环时,扰乱了你,我就避开你寂寞的花园。
如果我使水花飞溅,我就不在你的河边划船。

48

从你温存的束缚中把我放出来吧,我的爱人,不要再斟上亲吻的酒。

香烟的浓雾窒息了我的心。

打开门来,让晨光进入吧!

我消失在你的双臂里面,包缠在你爱抚的褶痕之中。

把我从你的诱惑中解放出来吧,还我男子气概,好让我把得到自由的心贡献给你。

49

握住她的手,我把她抱紧在胸前。

我想以她的爱娇来填满我的怀抱,用亲吻来偷劫她的甜笑,用我的眼睛来吸饮她的深黑的一瞥。

啊,然而,它在哪儿呢?谁能从天空滤出蔚蓝呢?

我想去把握美;它避开我,只把躯体留给我。

我失望而困乏地回来了。

躯体哪能触到那只有精神才能触到的花朵呢?

50

爱,我日夜想望和你相见——那像吞灭一切的死亡一样的会见。

如同一阵风暴把我卷走,拿去我的一切;劈开我的睡眠抢走我的梦,剥夺了我的世界。

在这毁灭里,在精神的全部赤露里,让我们在美中结合吧。

我可怜的空想啊!除了在你里面,哪有这结合的希望呢,我的神?

51

那么最后一支歌唱完就让我们离开吧。

当过完这夜就把这夜忘掉。

我想把谁紧抱在怀里呢?梦是永远也抓不住的。

我渴望的双手把"空虚"紧压在我心上,压碎了我的胸膛。

52

灯为何灭了呢?

我用斗篷挡住它怕它被风吹灭,因此灯熄了。

花为何谢了呢?

我的热恋的爱把它紧压在我的心上,因此花谢了。

泉为何干涸了呢?

我筑起一道土坝把它拦起给我使用,因此泉干了。

琴弦为何断了呢?

我强弹一个超高的音节,因此琴弦断了。

53

为何盯着我使我羞愧呢?

我不是来乞讨的。

只为了消磨时光,我才来站在你院的篱外。

为何盯着我使我羞愧呢?

我没有从你园里摘走一朵玫瑰,没有采下一粒果子。

我谦恭地在任何人都可站立的路边棚下,找个荫蔽。

我没有采走一朵玫瑰。

是的,我的脚累了,暴雨又落了下来。

风在竹林中呼叫。

云阵像败退似的掠过天空。

我的脚累了。

我不知道你是否在看我,或是在门口等什么人。

闪电昏眩了你探望的目光。

我怎能知道你会看到黑暗中的我呢?

我不知道你是否在看我。

白天已过,雨势暂停。

我从草地上站起来,离开了你花园边的荫蔽。

天色暗了下来，关上你的门吧；我走我的路。

白天已过去了。

54

赶集的时间已经过了，你在夜晚就急急地提着篮子要到哪儿去呢？

人们都挑着担子回家去了；月光从村树隙中泻下来。

唤船的回声从深黑的水上传到远处野鸭睡眠的泽沼。

在市集已过的时候，你提着篮子急忙地要去哪儿呢？

睡眠用她的手轻抚大地的双眼。

鸦巢已静，竹叶也停止了微语。

辛劳的人们从田间归来，在院子里把席子展铺。

在市集已过的时候，你提着篮子急忙地要去哪儿呢？

55

你在正午的时候走了。

烈日当空。

当你走的时候，我已完成了工作，坐在凉台上。

风不时地吹来，带着远野的香气。

鸽子在树荫中不断地叫唤，一只蜜蜂在我屋里飞着，道出许多远野的消息。

村庄在炎热的中午入睡了。路上一个人也没有。

树叶的声音时起时息。

我凝望天空，把一个我知道的人的名字织在蔚蓝里，当村庄在炎热的中午入睡的时候。

我忘记把头发编起。倦风在我颊上和我的散发嬉戏。

河水在荫岸下静静地流着。

慵懒的白云动也不动。

我忘了编起我的头发。

你在正午的时候走了。

路上尘土灼热，田野在喘息。

鸽子在密叶中呼唤。

当你走的时候，我独坐在凉台上。

56

我是为平庸的日常家务而忙碌的妇女中的一个。

你为何把我挑选出来，把我从日常生活的凉荫中带出来？

没有表明的爱是神圣的。它像宝石般在隐藏的心的朦胧里放光。在奇异的日光中，它显得可怜地晦暗。

啊，你打碎我心，把我战栗的爱情拖到旷野，把那阴暗的藏我心巢的一角永远破坏了。

别的女人和以前一样。

没有人窥探到自己心灵的最深处，她们不知道自己的秘密。

她们轻快地微笑，哭泣，交谈，工作。她们每天去庙里，点上灯，到河中取水。

我希望能从暴露的颤羞中把我的爱情救出，可是你掉头不顾。

是的，你的前程是远大的，可是你把我的路切断了，让我日夜在世界的无睫毛的眼睛瞪视之下赤裸着。

57

啊，世界！我采了你的花。

我把它紧贴在胸前，花刺痛了我。

天色渐晚，我发现花儿凋谢了，然而痛苦却存留着。

许多鲜活的花又将来到你这里，啊，世界！

然而我采花的时代过去了，漫漫长夜，我没有了玫瑰，只存留着痛苦。

58

一天清晨，一个盲女献给我一串盖在荷叶下的花环。

我把它挂在颈上，我的眼睛充满泪水。

我吻了她，说："你和花朵一样地看不见真相。

你自己不知道你的礼物是多么美丽。"

59

啊,女人,你不但是上帝的杰作,而且是人的手工艺品,他们永远从心里把美丽赋予你。

诗人用幻想的金线替你织网,画家们给你的体形以永新的不朽。

大海献上珍珠,矿山献上金子,夏天的花园献上花朵来装扮你,覆盖你,使你更加珍美。

人类心中的愿望,把它的光辉洒遍了你的青春。

你一半是女人,一半是梦。

60

在人生奔腾怒吼的中流,啊,石头雕成了"美",你冷静无言,超脱似的站立着。

"伟大的时间"依恋地坐在你脚边低声说:

"说话吧,对我说话吧,我的爱人,说话吧,我的新娘!"

但是你的话被石头关住了,啊,"不动的美"!

61

安静吧,我的心,让分别的时间甜蜜吧。

让它不是死亡,而是圆满。

让爱恋融入记忆,痛苦化为歌曲吧。

让穿越天空的飞翔终之以归巢敛翅。

让你双手的最后的接触,如同夜中的花朵一样温柔。

站住一会吧,啊,"美丽的结局",在缄默中说出最后的话语吧。

我向你鞠躬,举起我的灯来给你照路。

62

在梦境的朦胧小径上,我去寻求我前生的爱。

她的房子是在冷清的街尾。

在晚风中,她宠爱的孔雀在架上昏睡,鸽子沉默在自己的角落里。

她把灯放在门旁,站在我面前。

她的大眼望着我的脸,似乎在问我:"你好吗,我的朋友?"

我想回答，然而我们的语言迷失而又忘却了。

我前思后想，怎么也想不起我们叫什么名字。

眼泪在她眼中闪现，她向我伸出右手。我握住她的手默默地站着。

晚风中我们的灯颤摇着熄灭了。

63

过路人，你必须走吗？

夜是静寂的，树林里是昏暗的。

我们的凉台上灯火辉煌，繁花鲜美，青春的眼睛还清醒地睁开着。

你该离去了吗？

过路人，你必须走吗？

我们从没用恳求的手臂来抱住你的双足。

你的门开着。你的马立在门外，也已上了鞍鞯。

如果我们想拦住你的去路，也只能用我们的歌曲。

如果我们曾想挽留你，也只能用我们的眼睛。

过路人，我们没有希望留住你，我们只有眼泪。

在你眼里发光的是什么样的不灭之火？

在你血管中沸腾的是什么样的不宁的热力？

是什么召唤在黑暗中引动着你？

从天上的星星中，你念到什么可怕的咒语，就是黑夜沉默而不寻常地走进你心中时带来的那个密封的秘密的消息？

假如你不喜欢那喧闹的聚会，假如你需要安静，困乏的心啊，我们就吹灭灯火，停止琴声。

我们将在风叶声中静坐在黑暗里，困乏的月亮将在你窗上洒上苍白的光辉。

啊，过路人，是什么不眠的精灵在午夜触动了你的心弦呢？

64

我在灼热的大路上耗费了一天。

现在,在夜的凉意中我敲响一座小庙的门。这庙已经荒废倒塌了。
一棵愁苦的菩提树,从破墙的裂缝里伸展出饥饿的爪子般的根。

以前曾有过路人到这里来洗疲乏的脚。
他们借着新月的微光在院里摊开席子,坐在一起谈论异地的风光。
早起他们精神恢复了,鸟声使他们欢悦,友爱的花儿在道边向他们招手。

然而当我来的时候没有灯在等待我。
只有残留的灯烟熏污的黑迹,如同盲人的眼睛,从墙上噴视着我。
萤虫在涸池边的草里闪烁,竹影在荒芜的小径上摇曳。
我在一天之末做了没有主人的客人。
在我面前的是漫漫的长夜,我困乏了。

65

又是你呼喊我吗?
夜来到了,疲倦笼罩着我。
你叫我了吗?

我已把整个白天给了你,贪婪的主妇,你还定要剥夺我的夜晚吗?
万事都有个终结,黑暗的静寂是个人独有的。
你的声音定要穿透黑暗来刺击我吗?

难道你门前的夜晚没有音乐和睡眠吗?
难道那悄无声息的星辰,从来不登上你的残忍之塔的上空吗?
难道你园中的花朵,永不在绵绵的死亡中凋谢吗?

你定要叫我吗,你这不安静的人?
那就让爱的愁眼,因着盼望徒然流泪。
让灯在空屋里点着。
让渡船载那些疲倦的工人回家。
我丢下我的梦想,来奔赴你的召唤。

66

一个流浪的疯子在寻找点金石。他褐黄的头发乱蓬蓬地沾满尘土,身材瘦得成了影子。他双唇紧闭,就像他的紧闭的心扉。他的烧红的眼睛就像寻着伴侣的萤火虫的灯。

无边的海在他面前咆哮。
喧哗的波浪,在不停地谈论那隐藏的珠宝,嘲笑那不懂得它们的意思的愚人。
也许现在他一点希望也没有了,但是他不肯罢休,因为寻求变成他的生命——
正如海洋永远向天伸臂要求不可得到的东西——
就像星辰周而复始地运行,却要寻找一个永不能到达的目标——
在那孤寂的海边,那头发垢乱的疯子,也仍旧徘徊着寻找点金石。

有一天,一个乡下孩子走上来问:"告诉我,你腰上的那条金链是从哪里来的呢?"
疯子被吓了一跳——那条本来是铁的链子真的变成金的了;这不是梦,但是他不知道是什么时候变成的。
他狂乱地敲着自己的前额——什么时候,啊,什么时候在他的不知不觉之中得到成功了呢?
拾起小石去碰碰那条链子,然后不看看变化与否,又把石子扔掉,这已成了习惯;就是这样,这疯子找到了又失掉了那块点金石。

太阳西沉,天空发着金光。
疯子沿着自己的脚印走回,去寻找他失去的珍宝。他精疲力尽,腰弯背曲,他的心像连根拔起的树一样,萎垂在尘土里了。

67

虽然夜色渐浓,一切歌声停息了;
虽然你的伙伴都去休息而你也困乏了;
虽然在黑暗中弥漫着恐怖,天空的脸也被面纱遮起:
然而,鸟儿,我的鸟儿,听我的话,不要垂下翅膀吧。

这不是林中树叶的阴影,这是大海涨潮,如同一条深黑的龙蛇。
这不是怒放的茉莉花的舞蹈,这是闪光的水沫。
啊,何处是阳光下的绿岸,何处是你的窝巢?
鸟儿,啊,我的鸟儿,听我的话,不要垂下翅膀吧。

长夜躺在你的路边,黎明藏在朦胧的山后睡眠。
群星屏息地数着时间,柔弱的月儿在夜中浮泛。
鸟儿,啊,我的鸟儿,听我的话,不要垂下翅膀吧。

对于你,这里没有希望,没有恐怖。
这里没有消息,没有低语,没有呼唤。
这里没有家,没有休息的床。
这里只有你自己的一双翅膀和无际的天空。
鸟儿,啊,我的鸟儿,听我的话,不要垂下翅膀吧。

68

没有人能长生不老,兄弟,没有东西可以经久不衰。把这谨记在心尽情欢乐吧。
我们的生命不是那个古老的负担,我们的道路不是那条漫长的旅程。
一个独特的诗人,不必去唱一支古老的歌。
花儿凋零了;但是戴花的人不必永远悲伤。
弟兄,把这个谨记在心尽情欢乐吧。

必须有一段完全的休止,才能编织完美的音乐。
人生向它的黄昏下落,为了沉浸于金影之中。
必须从游戏中把"爱"召回,让它去饮忧伤之酒,把它带到眼泪的天堂。
弟兄,把这谨记在心尽情欢乐吧。

我们忙去采花,怕被过路的风踩躏了。
去夺取稍纵即逝的接吻,使我们血液沸腾双目发光。
我们的生命是热切的,愿望是强烈的,因为时间在敲着离别的长钟。

弟兄，把这谨记在心尽情欢乐吧。

我们来不及去把握一件事物，揉碎它又把它丢在尘土上。
时间急速走过，把梦幻藏在裙底。
我们的生命是短促的，只有几天恋爱的工夫。
若只是为工作和劳役，生命就变得无尽的漫长。
弟兄，把这谨记在心尽情欢乐吧。

美对我们是甜蜜的，因为她和我们生命的快速调子应节舞蹈。
知识对我们是宝贵的，因为我们永不会有时间去完善它。
一切都在永生的天堂里做完。然而大地的幻象的花朵，却被死亡长葆永新。
弟兄，把这谨记在心尽情欢乐吧。

69

我要追逐金黄色的飞鹿。
你也许会嘲笑，我的朋友，但是我追求那逃避我的幻象。
我翻山越岭，我游遍大千世界，因为我要追逐金黄色的飞鹿。
你到市场采买，满载着回家，但不知从何时何地一阵无家之风吹到我身上。
我心中无牵无挂；我把一切所有都抛在脑后。
我翻山越岭，我游遍大千世界——因为我在追逐金黄色的飞鹿。

70

我记得在童年时代，有一天我在小溪里放漂一只纸船。
那是一个阴湿的七月天，我一个人快乐地嬉戏。
我在小溪里放漂一只纸船。

忽然间阴云密布，狂风大作，大雨倾泻。
浑水像小河般流溢，把我的船淹没了。
我难过地想：这风暴是故意来抢走我的快乐的，它的一切恶意都是冲着我来的。
今天，七月的阴天是漫长的，我在默默地回忆我生命中以我作为失败者的一切游戏。

当我忽然忆起我的沉在小溪里的纸船时，我抱怨命运，因为它戏弄了我。

71

天色尚早，河岸上的市集还没有散去。

我只担心我的时间浪掷了，我的最后一文钱也丢掉了。

但是，没有，我的兄弟，我还有些剩余。命运并没有把我的一切都骗走。

买卖做完了。

双方的手续费都收过了，该是我回家的时候了。

但是，看门的，你要你的辛劳费吗？

不用担心，我还有点剩余。命运并没有把我的一切都骗走。

风声展示着风暴的威力。西方低垂的云影预报着不祥之兆。

沉默的河水在迎接着狂风。

我怕被黑夜赶上，急忙过河。

啊，船夫，你要收费！

是的，兄弟，我还有些剩余。命运并没有把我的一切都骗走。

路边树下坐着一个乞丐。可怜啊，他带着羞怯的希望瞅着我的脸！

他以为我富有地带着一天的盈利。

是的，兄弟，我还有点剩余。命运并没有把我的一切都骗走。

夜色愈深，路上愈静。萤火在草间闪烁。

是谁在悄悄地蹑步跟着我？

啊，我知道，你想抢走我的一切获得。我必不使你失望！

因为我还有些剩余。命运并没有把我的一切都骗走。

夜半到家。我空无一物。

你带着企望的眼睛，在门前等我，无眠而静默。

如同一只羞怯的鸟，你满怀热爱地飞到我胸前。

哎，哎，我的神，我还有许多剩余。命运并没有把我的一切都骗走。

72

花了几天的工夫，我盖起一座庙宇。这庙里没有门窗，墙壁是用层石厚厚的垒起的。

我忘乎所以，我躲避大千世界，我入神地凝视着我安放在龛里的偶像。

庙里面永远是黑夜，用香油的灯盏来照明。

不断的香烟，使我的心缠绕在沉重的螺旋里。

我彻夜不眠，用混乱扭曲的线条在墙上勾画出一些奇异的图形——长翅膀的马，有着人的面孔的花，四肢像蛇的女人。

我不在任何地方留下一丝缝隙，使鸟的歌声，叶的细语，或村镇的喧嚣得以进入。

黑沉沉的庙顶上，唯一的声音是我礼赞的回响。

我的心思变得强烈而镇定，像一个尖尖的火焰。我的感官在狂欢中昏晕。

灯火是那样的苍白而羞愧；墙上的刻画像是被锁住的梦，无意义地瞪视着，仿佛要躲藏起来。

我看着龛上的偶像，它微笑了，和神的活生生的接触，它活了起来。被我囚禁的黑夜，展起翅来飞逝了。

73

无限的财富不是你的，我的坚韧忧郁的大地母亲。

你辛勤劳作来填满你孩子们的嘴，但是食物是很少的。

你给我们的欢乐礼物，永远是残缺的。

你给你孩子们做的玩具，是脆弱易碎的。

你不能满足我们的一切渴望，然而难道我能为此就背弃你吗？

你的蒙着痛苦阴影的微笑，对我的眼睛是甜蜜的。

你的永不满足的爱，对我的心是热切的。

从你的胸乳里，你是以生命而不是以不朽来哺育我们，因此你的眼睛永远是警醒的。

你成年累月地用颜色和诗歌来工作，然而你的天堂还没有盖起，仅有天堂的愁苦的滋味。

你的美的创造上蒙着泪雾。

我将把我的诗歌倾注入你缄默的心里，把我的爱倾注入你的爱中。

我要以劳动来礼拜你。

我看见你的温慈的面庞，我爱你的哀伤的尘土，大地母亲。

74

在世界的拜见堂里，一根朴素的小草的叶子，和阳光与夜半的星辰坐在同一条毛毯上。

我的诗歌，也这样地和云彩与森林的音乐，在世界的心中平起平坐。

然而，你这富人，你的财富，在太阳的金光和月亮的柔光这种单纯的光彩里，却一文不值。

各种各样的天堂的祝福，没有洒在它的上面。

等到死亡的时候，它就苍白枯萎，消逝在尘土里。

75

夜半，那个以苦行人自称的家伙宣告说："弃家求神的时候到了。啊，谁把我束缚在妄想里这么久呢？"

神低声说："是我。"然而这个人的耳朵被塞住了。

你的妻子和吃奶的孩子一同躺着，安静地睡在床的那边。

这个人说："是谁把我骗了这么久呢？"

声音又说："是神。"然而他听不见。

婴儿在睡梦中哭了，靠向他的母亲。

神命令说："别走，不要离开你的家。"然而他还是听不见。

神叹息又委屈地说："为何我的仆人要丢下我，然后又到处去找我呢？"

76

庙前的集会正在进行。从早到晚一直下着雨，这一天快过完了。

比一切群众的欢乐还高兴的，是一个花一文钱买到一个棕叶哨子的小女孩的灿烂的笑容。

哨子的尖脆欢乐的声音，在一切笑语喧哗之上飘浮。

无边的人流挤在一起，路上泥泞不堪，河水在涨，雨还在不停地下着，田地都被水淹没了。

比一切群众的烦恼更烦恼的，是一个小男孩的烦恼——他连买那根彩色的小棍的一文钱都没有。

他郁闷的眼睛望着那间小店，使得这整个人类的集会都变成可悲悯的了。

77

西边乡村里来的工人和他的妻子正忙着替砖窑挖土。

他们的小女儿到河边的渡头上；她不停息地擦洗锅盘。

她的小弟弟，光着头，赤裸着黝黑的涂满泥土的身躯，跟着她，听她的话，在高高的河岸上耐心地等着她。

她顶着满瓶的水，平稳地走回家去，左手提着洗得发亮的铜壶，右手牵着那个孩子——她是妈妈的小丫头，繁重的家务使她变得早熟了。

有一天我看见那光着身子的孩子伸着腿坐着。

他姐姐坐在水里，用一把土在来来回回地擦洗一把水壶。

一只毛茸茸的羊羔，在河岸上吃草。

它走近这孩子身边，忽然吼了一声，孩子吓得哭喊起来。

他姐姐放下水壶跑上岸来。

她一只手抱起弟弟，一只手抱起羊羔，把她的爱抚分成两份，人类和动物的后代在慈爱的联结中融合了。

78

五月的一天。闷热的正午似乎无尽的漫长。干涸的土地在灼热中渴得张着口。

这时，我听到河边有个声音叫道："来吧，我的宝贝！"

我合上书，打开窗，向外张望。

我看见一头浑身裹满泥土的大水牛，眼光深沉地站在河边；一个年轻人站在没膝的水里，在叫它去洗澡。

我高兴得笑了，心里感到一阵甜蜜的接触。

79

我时常思索，人和动物之间没有语言却可以交流，他们心中互相认识的界线在哪里。

在远古创造世界的清晨，通过哪一条单纯的小径，他们的心曾彼此接触过。

他们的亲属关系早被忘却，然而他们不变的足迹并没有消灭。

然而忽然在这无声的音乐中，那不太清楚的记忆清醒起来，动物用温柔的信任注视着人的脸，人也用嬉笑的柔情凝望着它的眼睛。

如同两个朋友戴着面具相逢，在伪装下彼此模糊地互认着。

80

用转眼的秋波，你能从诗上的琴弦上夺走一切诗歌的财富，美妙的女人！

然而你不愿听他们的赞颂，因此我来赞扬你。

你能使世界上最骄傲的头俯伏在你脚前。

然而你愿意崇拜的是你所爱的没有名声的人们，因此我崇拜你。

你的完美的双臂的触摸，能在帝王的荣光上加上光荣。

然而你却用你的手臂去清除尘土，整洁你贫贱的家庭，因此我心中充满了敬佩。

81

你为何这样低声地和我耳语，啊，"死亡"，我的"死亡"？

当花朵在晚上凋零，牛儿回到了栅栏，你偷偷地走到我身边，说出我不懂的话语。

难道你必须用低沉的微语和冰冷的接吻来向我示爱，来赢取我心吗，啊，"死亡"，我的"死亡"？

我们的婚礼不会有奢华的仪式吗？

在你黄褐的鬈发上不系上花串吗？

在你前面没有领队的人吗？你也没有通红的火炬，使黑夜像着火一样的明亮吗，啊，"死亡"，我的"死亡"？

你吹着海螺来吧，在那不眠之夜来吧。

给我穿上红衣，握紧我的手把我娶走吧。

让你的驾着急躁嘶鸣的马的车辇，准备好等在我门前吧。

掀开我的面纱自豪地看我的脸吧，啊，"死亡"，我的"死亡"？

82

我们今夜要做"死亡"的游戏，我和我的新娘。

漆黑的夜，翻腾的云霾，在海里咆哮的波涛。

我们离开梦的床榻,推门出去,我和我的新娘。

我们坐在秋千上,狂风从后面热烈地推送我们。

我的新娘吓得惊喜交加,她颤抖着偎依在我的胸前。

许多日子我温柔服侍她。

我为她铺一个花床,我关上门不让强光射在她眼上。

我轻轻地吻她,柔柔地在她耳边低语,直到她困倦得进入梦乡。

她消失在模糊的无边的云雾之中。

我抚摩她,她没有反应;我的歌唱也不能唤醒她。

今夜,风暴的召唤从旷野来到。

我的新娘颤抖着站起,她牵着我的手走了出来。

飞吹起了她的头发,飘动着她的面纱,她的花环在胸前窸窣作响。

死亡的推送把她摇晃活了。

我们面面相对,心心相印,我和我的新娘。

83

她在玉米地边的山畔住着,靠近那股嬉笑着流过古树阴影的清泉。女人们提罐到这里来打水,过客们在这里谈话休憩。她每天随着潺潺的泉韵工作幻想。

一天,一个陌生人从云中的山峰下来;他的头发像醉蛇一样的纷乱。我们惊讶地问:"你是谁?"他没有回答,只坐在喧闹的水边,默默地望着她的茅屋。我们吓得心跳。到了夜里,我们都回家去了。

第二天清晨,女人们到古树下的泉边取水,她们发现她茅屋的门开着,可是,她的声音没有了,她的微笑的脸到哪里去了呢?

空罐立在地上,她屋角的灯,油尽火灭了。没有人知道在黎明以前她跑到哪里去了——那个陌生人也不见了。

到了五月,阳光渐强,冰雪融化殆尽,我们坐在泉边哭泣。我们想:"她去的地方有泉水吗,在这炎热的天气中,她能到哪里去取水呢?"我们不知所措地对问:"在我们住的山外还有地方吗?"

夏夜,微风从南方吹来;我坐在她的空屋里,早已熄灭的灯仍立在那里。忽然间那座山峰,像帘幕拉开似的从我眼前消失了。"啊,那是她来了。你好吗?我的孩子?你快乐吗?在万里碧空下,你有个阴凉的地方吗?可怜啊,我们的泉水不供你解渴。"

"那边还是那个天空，"她说，"只是不受屏山的遮隔——也还是那股清泉汇成江河——也还是那片土地伸广成平原。""一切都有了，"我惋惜地说，"只有我们不在。"她忧愁地笑着说："你们是在我的心里。"我醒来听见泉流潺潺，古树的叶子在夜风中沙沙地响着。

84

青黄的稻田上掠过秋云的阴影，后面是狂追的太阳。

蜜蜂陶醉在光明里，忘了吸蜜，只痴呆地飞翔嗡唱。

河里岛上的鸭群，无缘无故地欢乐地吵闹。

我们都别回家吧，兄弟们，今天早晨我们都别去工作。

让我们疯狂急速地占领着青天，让我们飞奔着抢夺空间吧。

笑声在空气上飘浮，有如洪水上的泡沫。

兄弟们，让我们把清晨耗费在无用的歌曲上面吧。

85

你是谁，读者，百年后读着我的诗？

我不能从春天的富丽里送你一朵花，从天边的云彩里送你一片金霞。

开起门来瞭望吧。

从你的繁花盛开的园子里，采取百年前消逝了的花儿的芬芳记忆。

在你心的欢乐里，愿你感到一个春晨吟唱的生气勃勃的欢乐，把它快乐的歌声，传过一百年。

序　诗

现在我将我的诗
密密地写在这本子里
仿佛一只挤满了鸟雀的笼子一般献给你。
那蔚蓝的天空，那围抱星辰的无尽处，
我的诗句成群飞过的空间，
都被留在外面。
从夜的心头摘下的繁星，
密密地结成链环
也许能在天堂近郊的
珠宝商人那里售个高价，
然而神人们就会怀念
那不分明的超凡的空灵价值。
想象一首诗歌忽然如飞鱼般
从时间的静默深渊中闪过！
你不想把它网住
和一群俘获的鱼儿一起
陈列在你的玻璃缸里吗？
在公子王孙的悠闲的年月，
诗人天天在他的慷慨君王面前
吟诵他的诗句，
那时候还没有印刷机的幽灵
在用喑哑的沉默
来涂抹那共鸣的闲暇的背景，
在不协调的自然伴奏中生气勃勃；
那时候诗句还不是用
整齐的字母排列起来，
叫人默默地囫囵吞咽下去。
啊，那供倾听而写的诗歌

泰戈尔 散文诗 小说

在他们主人的挑剔的眼光之下，
今天就像一队用铁链锁起来的奴隶
被放逐到无调的纸堆的灰暗里，
那些曾被永恒亲吻过的
在出版商的市场上却迷了路。
因为现在是匆忙而拥挤的时代
那抒情的女神
却到苦吟者心里的时候
必须坐电车和公共汽车的。

我叹息我恨不生在
迦梨陀娑的黄金时代，
而你是——但是这种胡思乱想有什么用处呢？
我是无望地生在这忙乱的印刷机的时代——
一个姗姗来迟的迦梨陀娑，
而你，我的情人，是极端的摩登的。

懒洋洋的你躺靠在安乐椅上
翻着我的诗篇，
你从来没有机会半闭着眼睛
来聆听那音节的低吟
而最后给你的诗人戴上
玫瑰的花冠。
你付出的唯一的代价
就是几个银币
支付给大学广场上
那个书摊的售书员。

一

1

来吧朋友，别畏缩，走到

序诗

坚实的土地上。
别在昏暗中收集梦想。
风暴在天空中酝酿,
闪电抽击着我们的睡眠。
下到平凡的生活里吧。
幻想的网儿撕破了,
在乱石墙中栖息吧。

2

我的情人的消息
在春花中传播。
它使我想起往昔的歌曲。
我的心忽然披上了
欲望的绿叶。
我的情人没有来,然而她的摩抚在我的发上,她的声音在四月的低吟中从芬芳的田野上传来。
她的凝视是在天空中,
可是她的眼睛在哪里呢?
她的亲吻是在空气里,
可是她的嘴唇在哪里呢?

3

呼唤是没有结果的,
欲望的热火是完全虚空的。
太阳落到他休息之所。
林中朦胧空中璀璨。
低视慢步的晚星
跟着去日来了
黄昏的气息里深深地
充满了离别的情绪。
我把你的双手紧握在手里,
用我渴望的眼睛紧紧地

抓住你的眼神；
寻找呼唤，你在哪里，
哪里，啊，哪里！
哪里是在你里面深藏的
永不熄灭的火焰！
如同黑暗的晚空中
孤独的星星，
那天上的光明，在它无边无际的
神秘中，颤动着，
在你的眼里，在你眼睛的深处
闪射出颤抖着奔放的神秘的灵光。

我无言地凝望着它，
我诚心诚意地跃入
这无底的渴望的深渊：
把自己淹没了。

4

如果爱中只有痛苦，
那为何要爱呢？
那是多么痴傻，你要得到她的心，
只因为已把自己的心献给了她！
欲望在你血中燃烧，
疯狂在你眼中闪现，
为何有这样的功过的循环？
与世无求的人，
他是个容易满足者；
春天的柔气是为他的，
还有繁花和鸟语；
然而爱情来了如同一片吞噬的阴影
遮没了整个世界，
吞蚀了生命与青春。

那为何要寻求这使生存黑暗的阴雾呢?

5

我曾珍惜梦想,
然而现在我把它们抛弃了。
循着那望错的道途,
我踩到荆棘,
才知道它们不是花朵。

我将永远不和恋爱嬉戏,
也永不和我的心胡闹。
我将在你里面寻找隐蔽
在这苦海的岸边。

6

我曾在每时每刻爱过你,
从这代到那代,从今生到来世。
我用爱心穿织起来的诗的链子,
你曾仁慈地拿起挂在脖子上,
从这代到那代,从今生到来世。
当我听着古老的故事,
那古老时代的恋爱的痛楚,
那远古时期的悲欢离合,
我看见你的形象从永恒的
黑暗中收集起光明,
如同永远嵌在包罗万象记忆上的星辰展现着。

我俩是从太初的心底涌出的
两股爱泉浮上来。
我俩曾在万千情人的生命中嬉戏。

在充满着眼泪的忧伤的寂寞中,

在聚合的甜蜜的羞怯中，
在远古的恋爱永远更新的生命里。
那奔涌的永恒的爱的急流
至终终于找到了它的最后完全的方向。
一切的悲喜的心愿，
一切狂欢时刻的记忆，
一切各时各地的诗人的情歌
从四面八方到来，
聚成一个爱情伏在你的足下。

7

在你激动的情感中受够了诅咒的打击，你的生命凝聚成一块顽石，纯洁，冰冷而无情。

你在尘土中洗了圣洁的澡，跳进大地的无以言表的宁静的深处。

你在无边沉寂中躺下，在那里残日下落，如同带籽的落花，要在新的清晨萌发。

你从草木的根苗像婴儿握紧母亲的胸乳的手指一般，感受到了太阳亲吻的激情。

在夜里，疲倦的沾满尘土的来了，他们节奏均匀的呼吸，伟大温柔的大地母亲摩抚着他们。

野草用亲热的花链来缠绕你。

你被生命的海洋所包围，它的浪花就是叶动，蜂飞，蚱蜢的跳舞与蛾翅的颤翕。

世世代代你伏地静听，数着那看不见的来者的足音，在他的接触之下，静默变成音乐发出光辉。

女人，罪恶把你剥得赤裸，诅咒把你洗净，你升华成为完美的生命。

无底深沉的黑夜的露珠在你眼睫上颤动，四季常青的青苔在你的头发上攀缘。

在你的觉醒中你有古今的奇迹，
你和鲜花一样年轻和山岳一样古老。

8

来吧,那能把我从劳役的束缚下解救出来的朋友,
因为在香客们追随他们梦想的时候
我落后了。

像一股带着它的贡献忽然涌溢奔流入海的洪流,
把我从沉重的担负下席卷了去。
来自人群里
你,我所完全归属的人,
那能喊出我的真实姓名的人
而且永远对我微笑为我认识的人。

9

锁链吗?它们真是锁链,我们心里的恋爱和希望。

它们如同母亲的双臂把孩子紧抱在她温暖的胸前。
渴吗?是的,就是这渴把生命带向它的快乐的第一源泉——永恒母亲的胸乳。

谁希望把孩子生命之源拿走,把母亲紧抱的手臂打开呢?

10

我相信我有一句话要对她说
当我们的眼光在路上相撞的时候。
可是她走过去了,而这句话
每日每夜地
如同一只空船在时间的波浪上摇荡——
那句我要对她说的话。

它好似在永无止境的追求中
在秋天的云彩里航行
然后又开放成晚间的花朵

在落日下找寻它失去的语言。

它如同萤火般在我心头闪动
在绝望的朦胧中
寻求它自己的意义——
那句我要对她说的话。

11

我的存在的主，在我身上你的愿望实现了吗？
没有服务的白天过去了，没有爱的黑夜过去了。
花儿凋零在尘土里也没有采集起来献给你。
你亲手调整的琴弦已经松弛，失去了音准。
我睡在你花园的树荫下却忘了替你的花木浇水。
时间已经过去了吗，我的爱人？我们已到了这游戏的终结吗？
那就让别离的长钟响起，让晨光来清洗爱意。
让新生之结在新的婚证中为我们编织起吧。

12

在青春的加冕典礼中，迦梨陀娑，
你登上宝座，你的爱人坐在你身旁，
在"爱"的原始的乐园里。
大地在你脚下铺上翠绿的地毯，
天空在你头上撑起绣着金边的伞盖；
季节捧着各种诱人的酒杯
围绕着你跳舞，
整个宇宙把自己交付给你的欢乐的寂寥，
在你新婚洞房的无边静寂中
没有一丝人间愁苦的痕迹。
忽然间神的诅咒从天而降
在青春的自私的无边分离上
投掷下隔绝的霹雳。
刹那间季节的侍奉停止了，

当面纱从爱的孤单里扯下的时候，
在泪眼模糊的天空中出现了
六月霖雨的行列，
你死别的心的凄调，穿过它，
走向一个遥远的梦。

13

今早短短的诗歌和琐碎的事情笼上我的心头。
我好像在溪流上泛舟，经过两岸上的世界。
每一段小景物都叹息着说，"我走了。"
世间的苦乐，如同兄妹一样，从远处向我抬起他们可怜的眼睛。
家之爱从她的屋角外窥，送给我一纵即逝的秋波。
我用渴望的眼光从我的心窗中凝望着世界的心。
我感到把它一切的优点和缺点糅合在一起，它总是可爱的。

14

你这充满物体的海洋，他们说，在你的幽深之处有无数的珍宝。
许多熟练的潜水员在寻找它们。
然而我不愿和他们一起寻求。

在你水面闪耀的光明，在你胸怀起伏的神秘，那使你波浪疯狂的音乐，和在你浪花上跳跃的舞蹈，对我来说已经满足了。
假如有一天我对这些感到厌倦，我就跳进你那神秘莫测的深处：等着我的或是死亡，或是珠宝的地方。

15

你将在我里面如同满月在夏夜中沉默地居住。
你忧郁的目光将在我的游荡中看视着我。
你面纱的影子将印在我的心上。
你的呼吸如同夏夜的满月将翱翔在我的梦上，变得芬芳。

16

啊，圣人，用你神圣的光

使我们的努力变得高尚。
停留在我们的心里,
让你伟大的形象常在我们面前。
宽恕我们的罪恶。
也教导我们去宽恕别人。

引导我们穿过一切悲伤的乐曲声
来到宁静坚强的境地,
用爱打动我们
冲出自身的骄傲,
让我们因着对你的皈依
从而放逐一切的憎恨。

17

一刻不停的大雨让天空愁倦。
可怜,无告的人!可怜,无家的游子!
狂啸的风在呜咽与叹息中死去。
它在无路的田野中追逐着什么呢?
黑夜如同盲人眼睛一般充满绝望。
可怜,无告的人!可怜,无家的游子!
波浪在无边的黑暗里的河中撒野。
雷在咆哮,电光在闪动。
星光死去。
可怜,无告的人!可怜,无家的游子!

18

你独自看守了一夜,你的眼睛疲倦了,可爱的人!
灯光昏暗了,在清晨的风中闪烁。
擦干你的眼泪,我的朋友,把纱拉上你的胸前。
秋晨是静止的,空气里充满了树木的芬芳,草径如同爱抚般的娇柔。
把可怜的花环扭弯地放在床上吧。
来到这清晨的世界中,把采下的鲜花兜在你裙子里,也把新摘的花蕊别在你发上吧。

19

我把我的心扔在世界上；你把它拾了起来。
我寻找快乐却收集忧愁，你给我忧愁我却发现了快乐。
我的心碎成碎片，你把它们收集在手里把它们穿在爱之绳上。
你让我挨家挨户地游荡让我知道最后你是离我多近。
你的爱让我深深地发愁。
抬起头的时候我发现我已到了你的门前。

20

我的心如同雨天里的一只孔雀，
张开它那染着狂喜色彩的羽毛
在它的狂欢中从天空找些幻象——
渴望着一个陌生的人。
我的心跳起了舞。

云雷滚滚地响遍诸天——
暴雨冲洗地面，
鸽子在巢里静静地发抖，
青蛙在泛涨的田中噪鸣——
云雷滚滚。

啊，那住在王宫塔上的，
那打开浓黑的发辫，
把蓝纱挂在胸前的她是谁？
在电光急闪中她倏然惊走
她的黑发在胸前飞舞。
啊，我的心如同孔雀般舞蹈，
雨点在夏天的树叶上滴沥，
蟋蟀的鸣声惊扰了树荫，
河水涨岸冲洗着乡村的草地。

我的心跳起舞来。

21

沉默的大地看着我的脸,张开她的手臂围抱着我。
在晚上星辰的手指抚摩我的梦魂。他们知道我以前的名字。
他们的微语使我回忆起那长长的无声的催眠曲的音调。
他们把晨光中我所看见的笑容带到我的心上。
爱在大地的每一砂粒中,快乐在绵延的天空里。
纵使化为尘土我也愿意,因为尘土被他的脚所触踏。
纵使变成花朵我也甘心,因为花朵被他捧在手里。
他在海中,在岸上;他和负载的船儿同在。
无论我是什么我都是幸福的,这个可爱的尘土的大地是幸福的。

22

亲近我的人们不晓得你比他们还和我亲近。
同我说话的人们不晓得我心中充满了你所未说出的话语。
在我的路上拥挤的人们不晓得我在和你一同行走。
爱我的人们不晓得是他们的爱把你带到我的心中。

23

我远远地凝望你广阔的深处
我找不到忧愁,死亡和离别的痕迹。
只有在我转过身去面向着我黑暗的自身
而不是望着你的时候,
死亡才显出它的恐怖,
忧愁才显出了它的痛苦。
完美的你,
万物永远在你的脚前居住。
消亡的恐怖只以他无尽的忧伤依偎着我,
然而我的贫乏的羞惭
和我生命的负担,
当我感到你是在我

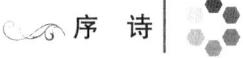

心中存在的时候

就立刻消失了。

24

我请求朝拜你,我的王,在你静寂的内殿里。

从人群中召唤我吧。

当你的大门为一切的人开放的时候,我同大众一同进入你的院宇,在忙乱中我找不到你。

如今夜深了,他们提起灯笼分头回家,让我在这里多待一会儿,站在你足前,举灯来瞻仰你的容颜吧。

25

父亲,点起你的信号灯吧,为我们这些流浪得远离你的人。

我们的居所在废墟中被渐压下来的恐怖的阴影所骚扰。

我们的心在绝望的重担下下沉,当荣辱嘲弄我们的人格,使我们匍匐在地的时候,我们羞辱了你。

因为这样就亵渎了你所给予我们——你的儿女的庄严,因为这样我们就熄灭了我们的灯,在我们卑贱的恐惧中,就如同这孤寂的世界盲目而且没有神明。

26

然而我永不能相信找不到你,我的王,虽然我们的穷苦很深,我们的羞辱很重。

你的旨意在无望的轻纱后实行,在你自己的时代中,打开不可能的门户。

你来了,如同走进自己的家门一般,在想象不到的一天,走进脏乱的大厅。黑暗的废墟在你的摩触之下,变成一个花蕊。

所以我还有希望——不是破碎被修补,而是一个新的世界要涌现。

27

千万别羞愧,我的弟兄们,当你穿着朴素的衣袍站在骄傲的而有权力的人的面前。

把谦恭作为你的冠冕,你拥有灵魂的自由。

每天在你广大空虚的贫穷上建起上帝的宝座,而且知道巨大不等于伟大而骄傲也不能永存。

28

你将引导我从这颗星走到那颗星,使我在爱的清晨中醒起。

是你的爱把我生命的清泉从迷途中引到你无垠的世界里去。

你将在每一转角处以新的完美的幻景使我惊讶,以快乐的不朽的形象来模塑我的时光。

无限之生永不会束缚在"不朽"的不变的桎梏上,而是迅速地在它的爱的无尽朝拜之中,从死亡穿过死亡走向无数新的光明。

29

黑云把一切的光明都遮掩了;我们这些笼中鸟

叫着问你:"我的朋友,这是创世中的死的时间吗?

上帝把祝福从天上收回了吗?"

有时四月的突起的风会把希望的远香吹上我们

的心头,有时晨光会用它的金咒给我们牢狱

的栏杆镀上黄金,也会将明朗世界的欢欣带

到我们的笼里。

但是,看啊,那边的山峰是完全黑暗的,连那削开深暗的镰月也劈不出细微的裂痕。

今天我们的枷锁沉重地压在我们的身上;天空里,连一霎能以构成喜乐幻觉的光明也找不到。

然而不要让我们的恐惧和忧愁折磨了你,我的朋友!不要坐在我们的笼前和我们一同叫唤。

你的翅膀没有束缚住。

你远远地飞离我们吧。

从那里你的诗歌中给我们送来消息:

"光明永远在照耀。太阳的灯并没有熄灭。"

30

仗打完了。在争夺和挣扎之后财宝都聚敛和收藏起来了。

现在来吧,女人,带着你的美的金瓶来吧。洗净尘秽,补完裂缝,使这宝堆完好如初。

来吧,女人,把金瓶顶在头上来吧。

序诗

戏演完了。我已经来到村里架起炉灶了。

现在来吧，女人，带着你的圣水瓶来吧。以你的微笑和热诚清净我的家门吧。

来吧，女人，带着你的圣水瓶来吧。

早晨过去了。日光炎灼。漂泊的行人寻求着阴凉。

来吧，女人，带着你满盛甜蜜的水瓶来吧。打开你的门，送他一串欢迎的花环请他进来。

来吧，女人，带着你满瓶的甜蜜来吧。

一天过去了。该是道别的时间了。

来吧，啊，女人，带着你满盛泪水的瓶儿来吧。让你忧愁的眼睛，在离别的道路上充满柔光，你那手的微颤的抚触，使离别的时间圆满。

来吧，女人，带着你的泪瓶来吧。

夜是黑暗的；屋寂床空，只有那最后道场的灯还在燃着。

来吧，女人，带着你的满盛记忆的瓶儿来吧。披着飘扬的散发，穿上纯净的白衣，打开密室之门，添满礼拜的灯盏吧。

来吧，女人，带着你的满盛记忆之瓶来吧。

31

爱，你用死亡的庄严使我的生命伟大，你用分离的灿烂的光彩染遍了我的思想和梦魂。

那晶莹的泪光在生命的最后呈现，乐园暗示着从爱的星空降下亲吻的火焰照亮了我们大地的忧愁，在一个炽热狂欢之中，使他们的终结灿烂辉煌。

爱，你让生与死对我成为一个巨大的奇观。

32

如同温存的黄昏把昏暗白天的疲劳和损伤的痕迹，笼盖在它暗纱细褶之中，仍让我为你的损失而生出的深愁，我的爱人，在我生命上展开一幅黄金染透的悲伤的沉默。

让它的一切残缺和弯曲，一切毫无意义的散掷和杂乱，消散在因你的记忆而宁静的夜晚的宽广中，充满着痛苦与宁静的无边共鸣里。

33

经过死亡与悲伤
和平居住在
"永在"的心中。
生命之流不断地奔涌,
天色与星光
带着生存的微笑
春天带着它的诗歌。

波起又落
花开复残
我的心渴望重新回到原地
在那"无尽"的脚边。

34

夜来临了。
我的愿望终日游荡,又回到我的心中,像静谧的
夜中的大海的细语。
黑暗中我的屋里燃一盏孤灯。
沉淀在我的血液里。
闭上眼睛,我见到心中万象之外的美。

35

我的生命中洋溢着什么曲调,只有我和我的心知晓。
我为何守望,我向谁乞求什么,只有我和我的心知晓。
清晨像一位朋友在我门前微笑,傍晚像一朵鲜花在树林边飘落。
琵琶的乐音萦绕在晨幕的空中,它把我的心绪从劳作上引走。
这是什么曲调,到底是谁在弹奏,只有我和我的心知晓。

36

我来乞求的时候你拒绝了我,你做得好。
在你道别的眼神中我看到了一丝微笑,就从

那时起我得到了教训。我砸碎了我行乞的旧钵，
我等待机会把我的一切给人。

人们从早晨起就聚集在你门前。
让他们的要求得到满足吧。当黑夜来临时
他们散去了，呼声沉寂了；而星辰仿佛在聆听
他们远古时期的史诗——
新生的光明和古代黑暗的争斗
我带着渴望的献礼来到你脚边：
"把我的短笛拿在你手里吹奏吧，主人。"

37

我感觉到在我的血液里你隐约的沉重的足音，
"永不停息的过去"啊，
在喧哗的白昼中
我曾见到你沉静的面容。

你曾光临用隐去的笔迹在我们命运的残章上写上我们祖先未竟的故事。
你把被忘却的描绘新形象的图案引回到生命之中。

那片刻不安宁的"现在"它本身不就是你自己的一簇幻象
像某日星宿从无垠的沉寂的天空升腾起来吗？

38

我能生养在这一片土地上，因此我有幸去爱她，我是幸运的。

即使她不曾拥有王室的奇珍异宝，但是她的爱这笔财富对我就已足够宝贵的了。

给我心的最好的珍贵礼品就是从她自己的花中来，我更不知晓还有何处的月光能用这样的美来愉悦我的身心。

呈现在我眼中的第一道光辉是从她自己的天堂来的，让这光辉在我的眼睛永远闭上之前再次亲吻它。

39

洪水，最终，涌上你干枯的河床。
召唤船夫，
割断绳索，
放下船去吧。

拿起你的桨来，我的同伴，
你的负债愈加沉重了。
因为你只在码头上犹疑不决地叫卖，
把光阴都虚度了。
起锚，
扬帆，
一切都不必管了。

40

如果他们不响应你的号召自己走开了。
如果他们畏惧，无言地面对着墙畏缩着，
啊，不幸的你，
那就敞开心扉独自发言吧。

如果他们在穿越旷野时自己走开，背弃了你，
啊，不幸的你
把荆棘踩在脚底，沿着血迹
独自前行吧。

如果风暴来袭之夜
他们不举起灯来，
啊，不幸的你，
用痛苦的雷电灼烧你自己的内心

再让它自己燃烧吧。

41

他们说你疯了。无言的等待直到天明。

他们向你头上投掷泥土。等明天吧。他们会向你献上花环。

他们远远地坐在高台上。等明天吧。他们会走下来且俯首下去。

42

也许你深爱的人们会抛弃你,但是不要介意,我的心啊。

也许你期望的藤蔓会夭折落在土里,它的果实毫无意义了——但是不要介意,我的心啊。

也许在你回到家门以前黑夜会赶上你,你想点灯的尝试都成为泡影。

当你的琴弹奏出曲调,鸟兽成群地把你围住。

也许你的弟兄们还是不能被感动,但是不要介意,我的心啊。

墙壁是用石头砌的,门也闩上了。也许你敲了又敲,可是它并不开启——但是不要介意,我的心啊!

43

让我的祖国的山川和大地,空气和果实都甜美起来。我的上帝。

让我的祖国的家园和市廛,森林和田野都丰腴起来,我的上帝。
让我的祖国的应允和希望,行为和言语都真实起来。我的上帝。

让我的祖国儿女们的生活和心灵融合为一体,我的上帝。

44

我们的航行开始了,船长,我们向你行礼!

风涛狂啸,浪头凶暴,但是我们坚持航行。

危险的恫吓在路上等待着奉献给你他的痛苦
的礼物,在风暴的中心有个声音呼号:

"来征服恐怖吧!"

让我们不要犹豫去回顾那些落后的人,或以恐惧和顾虑来使警惕的时间麻痹的人。

因为你的时间就是我们的时间,你的负担就是我们自己的负担,而生和死只是你游戏在生命的永恒之海上的呼吸。

让我们不要在寻求微小的帮助和慢慢地挑数朋友上枉费心思吧。

让我们首先明了你是和我们站在一起而我们永远是你的。

45

仅为了一个"虚无"使我充满了欢乐。只把我的手握在你手里。

在渐深的夜里请拾起我的心来任意玩弄。用"虚无"把你我缚紧。

我将把自身横陈在你脚下静卧着。

在夜空下我将以静默迎接静默。

我将与夜合二为一,把大地抱在胸前。

使我的生命为虚无而欢乐。

雨从天这边洒到天那边。

在凌乱的暖湿的风里茉莉在自己的芬芳中沉醉。

隐在云里的星辰在窃窃欢喜。

让我不用别的只用我自己的至情的欢乐把我的心斟到满溢吧。

46

我在我的琴弦上反复寻找能和你共鸣的音调。

清晨的欢愉和流水是简单的,叶上的露珠,云霞的色彩,江岸边的月光和午夜的阵雨都是简单的。

我为我的歌找到了像它们这样简单而饱满,新鲜而与生命齐流,与世界同龄且人人都晓得的音调。

但是我的琴弦是刚刚调的,它们充满了像矛头般的尖刻和高亢。

因此我的歌曲从没有风的神韵,也从来不能与星月交辉。

我的努力确是个努力,我烦躁的调子竭力想来淹没你的音乐。

47

让我在完全的欢乐里躺卧在你脚凳边的地上。

让我的衣袍被你用脚践踏过的平凡的土地染得通红。

不要把我置于他人之上;不要把我与众人分离。

把我拉下到甜柔的卑贱里。

让我的衣袍被你用脚践踏过的平凡的土地染得通红。
让我做你所有香客中最末的一个；我将竭力达到那最低微而也是最宽阔的地位。
他们从四方来到，请求你手中的礼物。
让我等到他们都拿到自己该拿的；最后剩余的也会使我满足。
让我的衣袍被你用脚践踏过的平凡的土地染得通红。

48

黑纱笼罩的六月又来到了
湿润的泥土芬芳；
我变得忧倦衰老的心响应了行云的呼唤，
被生命的突兀的纷乱压倒了。
阴影掠过空寂的
牧场上的新绿；
我的血液同这呼唤一起升腾：
它来了，来到我的眼里，来到我的胸中，
来到我欢乐歌唱的声音里。

49

我们的主人是个工人，我们和他一同工作。
他的快乐是喧嚣的，我们和他一起欢愉。
他敲着他的鼓，我们行进。
他唱着歌，我们随之起舞。

他的游戏是生和死。我们孤注一掷的哀乐与他一块游戏。
他的召唤像响雷；我们就飞越山海去奔赴。

50

阳光漫洒，阵雨倾盆，
密叶在竹林中闪烁，
空气里洋溢着新犁过的泥土的清香。
在我们从早到晚艰辛劳作的时候，
我们的手有力，我们的心欢悦。

诗意在牧场边摇曳的韵律中舞动,写出它的
一行行的绿的诗句。
在丰收的稻田上遍洒跳跃的浪花。
大地的心在充满阳光的十月,
在明朗的满月之夜是欢乐的,
当我们从早到晚艰辛劳作的时候。

51

你是一切心灵的统治者,
你是印度命运的施予者。
你的名字激起了
旁遮普,辛德,古甲拉特和马拉塔,
达罗毗荼,奥利萨和孟加拉的人心。
它在文底耶和喜马拉雅山中回荡着,
混杂在朱木拿河和恒河的乐音中,
被印度洋的波涛颂唱着。
他们祈求你的祝福,歌唱你的颂歌,
你印度命运的施予者,
胜利,胜利,胜利是属于你的。

你的声音日夜回荡,
召唤印度教徒,佛教徒,锡克教徒,耆那教徒,
和祆教徒,伊斯兰教徒,基督教徒
在你座前围绕。
从东陲到西极向你敬礼
编成一串爱的花环。
你把一切人的心融合成一个和谐的生命。
你印度命运的施予者,
胜利,胜利,胜利是属于你的。

永在的驾驭者,你驾驭着人们的历史
在崎岖的社稷兴亡的路上行过。
在苦难与恐怖中

你的号筒吹起,来激发那些自卑绝望的人们,
在探险与朝贡的路上引导他们。
你印度命运的施予者,
胜利,胜利,胜利是属于你的。

当沉寂的长夜沉积着幽暗
昏沉地僵卧着,
你的母爱的手臂拥抱着她,
你的清澈的眼睛俯在她脸上,
直到她从压在她心神上的沉重的噩梦中获救,
你印度命运的施予者,
胜利,胜利,胜利是属于你的。

夜渐消退了,太阳从东方升起,
群鸟歌唱,晨风带来了新生的兴奋。
承受了你爱的金色光辉的摩抚
印度苏醒起来,低头伏在你的脚边。
你万王之王,
你印度命运的施予者,
胜利,胜利,胜利是属于你的。

52

你的财富是无限的,但是你自愿点滴地接受,通过我从我的一双小手中承接下来。

这就是为什么你以你的财富使我富有,而且虽然我的门是关着的,你还躬身来到我的门前。

你不肯骂你那比思想还迅疾的车辇,但是你自愿下到尘土里同我一步一步地走着。

53

我知道有一天我的荆棘会盛开花朵。
我知道我的忧郁会伸展它的红玫瑰叶子,把心开向太阳。

那天空在郁闷的日日夜夜里所守望的南风会突然地使我的心颤抖。

我的爱会在转瞬间开花；当这花结了果可以采摘的时候我将不再羞惭。

夜阑时候，在我朋友的摩挲之下，它将落在他的足边，快乐地抛撒掉它最后的花瓣。

54

我的心被你诗的火焰燃着。

它无限地蔓延。

它舞动在空中挥着手臂，把死亡和腐朽焚尽。

沉寂的星辰从黑暗中窥视着。

沉醉的风从四面向它涌来。

啊，这把火，像一朵红莲，在夜的心中舒展着花瓣。

55

你又在突兀的风暴中向我走来，

用阴云的颤抖充斥了我的天空。

太阳既升，星辰隐退；

道路的红迹被吞没在雨雾之中；

隔水传来了风的怒号。

阵雨，像幽灵的手指，弹着那看不见的琴弦，

唤醒了黑暗的乐曲，

以音响的战栗来袭击我的心。

56

他来了，右手执剑，左手拿花。

他破门而入。

他来不是乞求而是战斗和征服。

他破门而入。

他穿过死亡的路途进军到你生命之中。

他夺取了你的一切，不以取得部分为满足。

他破门而入。

57

饶恕我的软弱吧，啊，主人，
如果在生命的道路上
我竟落在后面。

饶恕我的愁苦的心
那颗在工作上
颤抖而又犹豫。
饶恕我的溺爱
那被挥霍的财产
在无利可获的"过去"上的。

饶恕我的这几朵
供奉的残花
那在渴望时间的酷热中
枯萎了的。

二

58

香客啊，愁苦的旧的年夜已经过完了。
灼热的太阳在你的道路上带来了破坏者的召唤，
那为过去的肮脏而降下的惨烈的天灾。
淡淡的一线远野延展在路边
像乞丐的独弦琴上的微音
在寻找他迷失的路途。
让路上的灰尘
把你抱在她怀里，
把你从纠缠的反抗的包围中带走！
家园的音乐，
夜晚的灯光，
企盼的情人的眼神都不是为你的。

你像是乞求那在生命中
既非快乐又非宁静或慰藉的赏赐,
因此你到了家家户户都拒绝你的时刻。
那残暴者来了——
你的门闩和栅栏都摧毁了,
你的酒坛被砸碎了;
握着陌生人的手
又不敢追问。
不要怕吧,香客啊!
不要从真理的恐怖面前走开,
不要怕那"非真"的幻影,
从夺取你的一切的人那里
领取你的最后的奖赏吧。
旧的夜晚过完了吗?
那就让它过完了吧!

59

你的召唤越过世上所有的国家
人们都聚集在你的座前
这个日子来临了。
但是印度在哪里呢?
她还是藏起来,落在后面吗?
让她背起她的负担和大家一同前行吧。
告诉她,万能的上帝,你的胜利的消息,
啊,永远觉醒的主!

那些向苦难挑战的人已经穿越那
死亡的荒郊而且已经摧毁
他们的幻想的牢狱。
这个日子来临了。
但是印度在哪里呢?
她的倦怠的手臂是空空的,羞愧的

序诗

她的日日夜夜是无益的，没有生命的欢愉。
用你的生气抚摸她吧，
啊，永远觉醒的主！

新时代的朝阳已经冉冉升起。
庙堂里挤满了香客。
这个日子来临了。
但是印度在哪里呢？
她在屈辱中横卧在尘埃里，她的位置被掠夺了。
把她的耻辱抹去，在你人民之宫里给她一个席位吧，
啊。永远觉醒的主！

世界的大道是拥挤的，
回响着你车辇的隆隆的轮声。
行路者的歌声震颤着天空。
这个日子来临了。
但是印度在哪里呢？
她敝旧的家门紧闭着，
她的希望是渺小的，她的心沉没在静寂中。
把你的声音传颂给她沉默的儿女吧，
啊，永远觉醒的主！

在那里的是在他们的血液和筋腱里感受到
你的力量而且已经
获得了生命的满足，
征服了恐怖的人们。
这个日子来临了。
但是印度在哪里呢？
在她自疑与失望中震惊吧！
把她从追赶自己的阴影
的恐惧中拯救出来吧，

啊，永远觉醒的主！

60

从胜利到胜利他们驾着车辇碾过大地的撕裂的胸膛。

在他们周围时间的脚步声被掩住，脚步也迟缓了，鸟的歌声被围困在黑夜的胸怀里。

灌醉了红红的火焰，他们的火炬散射出的强光像一朵骄傲的莲花飘荡在碧空，众星像着魔的蜂群俯在上面。

他们夸耀说，天空里不灭的光明养育着他们高举的火焰，

直到它征服了黑暗，赢得了黑暗的郁闷的臣服。

钟声响起。

他们惊起却发现他们睡着了，梦想着财富和肮脏的权力妄想篡夺神的殿堂。

新的一天的太阳高照在夜的爱的遗弃上。

灰烬像尸布般掩盖着火炬，天空回荡着欢庆的声音：

"胜利归于大地！胜利归于上天！

胜利归于征服一切的光明！"

61

你把生活的权利给予我们。

让我们全力地来保持这个荣耀，

因为你的荣耀是寄托在我们的生活之上。

因此以你的名义我们反抗那想把它的旗帜插在我们灵魂里的权势。

让我们知道你的光明在忍辱负重的人的心里会变成黑暗，

当生命变得懦弱的时候，它畏缩地把你的宝座让给"非真"，

因为怯弱是出卖我们灵魂的叛贼。

让这个作为我们对你的祈求吧——

给我们力量去反抗淫逸，在它奴役我们的时候，

向你举起我们的忧伤如同夏天擎举它的正午的太阳。

使我们坚强，使得我们的礼拜在爱中盛开鲜花，在工作中结果。

使我们坚强，使得我们不去嘲讽那懦骄和摔倒的人。

使我们当周围一切都向尘灰谄媚的时候高举起我们的爱。
他们为自重而争斗杀戮，
却把名声归还给你，
他们为争吃弟兄的肉而决斗，
他们和你的愤恨争战到死。
但是让我们稳固地站立坚韧的忍受，
为真，为善，为人的永恒，
为你的在人心合一中的天国，
为那灵魂的自由。

62

我将不守在屋里等你的到来，
却要走到空旷的地方，
因为花瓣从残花上飘零，时光飞向尽头。
风乍起，水吹皱了。
赶快地割断绳索，
让船儿飘上中流吧，因为时光飞向尽头了。

夜是惨白的，寂寞的月亮划着它的梦舟横渡天河。
这段旅行是生疏的，但是我不介意。
我的心生有一对自由的翅膀，
我知道我将穿越黑暗。
就让我起航吧，因为时光飞向尽头了。

63

啊，我的孩子，我的小湿婆天，
忘我的，
在你狂舞的每一步中万物震颤而崩溃，
你聚敛的一切都散掷了，
一阵破坏的旋风
把你踩碎的玩具的碎片扬到空中。
从凄凉到凄凉，

你的世界得到解脱；
你的游戏的泉水永远流过你的玩具的缝隙；
在缺憾中快乐，
你用零件构建出你的创作，
紧接着只因任性
又把它通通忘掉；
用天空做你的衣裳，
你抛掉了身上一切的衣服。
在你身中隐藏着财富，
你住在一个完全没有耻辱、炫耀和自私的世界里，
在永不会使你困窘的贫乏中，
尘埃也不会玷污你的纯洁，
你自己舞动着飞跃
永远把自己粉饰得雪白。
啊，湿婆天，这婴孩，
你认我为你的情人，
你的舞蹈的生徒，
请教我不羁的智慧，
和破坏玩具的游戏，
教我怎样舞动步伐
来应和你的节拍，
怎样撕裂我们自己织成的网来自由地舞动。

64

我不记得我的母亲，
只在游戏中间
有时似乎有一段曲调在我玩具上萦绕，
是她在摇曳我的摇篮时所哼唱的那些曲调。

我不记得我的母亲，
但是当初秋的清晨
合欢花香在空气中游动，

庙里晨祷的馨香向我吹来母亲一样的气息。

我不记得我的母亲,
只当我从卧室的窗眺望空邃的蓝天,
我觉得我母亲凝注在我脸上的目光
充溢了整个天空。

65

你问我,母亲,我最喜欢去哪里。我最喜欢的地方是我的来处。但是我总记不起那个地方。

我的父亲对我的窘迫微笑地说:"那地方是远在云外,在暮星的国度。"

但是我也听你说过,那是在地心的深处,从那里花儿出来寻找太阳。

"那地方是看不见的,"我的阿姨说,"在海底下,在它的金库里藏着许多珠宝。"

我的哥哥揪着我的头发说,"你怎能找到呢,你这蠢人,
因为它是和空气混合在一起。"

我听你们大家的说法,似乎到处都是这地方。

只有我的老师摇摇头说——"这地方哪里也不是。"

66

无情的火刺向天心引起一阵干渴的剧痛。
夜是无眠的,白日是漫长困乏,由于炎热而焦躁。
在干枯的枝后我听见困倦的鸽子低吟着可怜的调子,
我凝视天空等候那胜利的风雨
用它的爱抚来滋润这渴望的大地。

来吧,解渴的水!
以涌动的狂欢倾盆而下,把顽冥的心胸撕裂!
以涌溢的泉流从神秘的黑暗中踊跃而出——
来吧,纯洁的你!
太阳等着来欢迎你,因为你是他的伴侣。
他的光明的抒情诗唤醒你心中的金色的诗。

来吧，荣耀的你！
那沙漠的恶魔对你施了什么咒语，
他用石枷把你囚禁起来呢？
打破你的狱壁；和你的洪涛一同
自由地舞动着奔来吧。
来吧，坚强的你！

67

我的心在为我在这光明和生命世界
上的地位的美丽而歌唱；
为着在我的脉搏里的，跃动的节奏
因无限光阴的摇曳变成韵律的感觉而歌唱。
我在林中漫步感到了青草的温柔，
路旁的鲜花使我欢乐，
就是无穷的赐予是散布在尘土里
在惊奇中唤醒了我的诗。

我看见过，听见过，生活过；
在知识的深处曾感觉到
那高出一切的真理，
它以惊奇充溢了我的心，我就歌唱。

68

你喝过我替你斟满的
诗歌的药液，
接过我的梦想编成的花环。
我的在旷野漂游的心
永远因你的亲手摩挲而感到痛苦。
当我的日子终结了，我的别辞
在最后的静寂中消退了，
我的声音和我们已曾相逢的讯息
将在秋日

和湿云里回旋。

69

我把写出我的秘密的情歌送给你不羁的心灵，
我感到羞怯，生怕它的
意义和韵调被忽略了。

我要等到那个同情的夜晚
一段幸运的时光，
你的眼光沉浸在温柔的朦胧之中，
我的声音在真理的
深深静谧中遇到了你。
我要从我的细语中把我的秘密
在你心的静寂的一角
回旋，
就像蟋蟀在静寂的娑罗树丛中
串起的夜里
转动它的唧唧的单音的念珠。

70

宽恕我，未来的姑娘，
假如在我的自傲中，
我幻画出你在读我的诗，
同时月亮也用沉默的丝雨洒满
我的诗句的空隙。
我仿佛感觉到你心的跳动，也听到你的低吟，
"如果他今天还活着而且我们相遇了，他会爱我的。"
我明白你对你自己说，
"让我只在今晚在我的凉台上为他点一盏灯吧，
虽然我明白他永远不会来。"

71

在海岸上半睡半醒，你害怕那

狂风暴雨的声音
当他在你耳边震响出他的"不"。
你们曾奔走相告
说海岸有它的财富,
房屋有它的舒适,
当时狂风暴雨忽然咬着他的闪光的牙齿
怒吼着说"不"。

但是我使狂风成了我的伙伴
我离开了海岸,
我的船在海上摇摆。
我相信了那可怕的家伙,
把他的呼吸吹涨了我的帆,
把他的保证充实了我的心,
说那边就是海岸。
他向我叫,"你是流浪的
就像我还是我自己一样,
胜利属于你了。"

一切都破成碎片
随风四散,
懦弱者在绝望中悄悄地说
"末日到了。"
狂风叫着说,"只有完全赋予的
才能保存。"
因为信任他我向前行进,
当波涛卷走那所有的积蓄的时候
我也没有回头。

我用施行者的笛子
和着他狂笑的调子吹起,
它唱:和欲望的魔力,

和坚牢的枷锁，
和往日的成就，
和无谓的希望一齐走吧。
替你的鼓儿学习那
惊涛拍岸的舞蹈节奏。
和贪婪与恐怖
和奴隶举着的暴君的旗帜
一起走吧。

来吧，神圣的破坏者，
将我们从家门，
从安全好走的路上赶出去。
和你的死亡拍打翅膀的声音一同来吧，
把你怒吼的"不"在风中散布吧。
没有安息，没有疲惫，
没有压在头上的软弱。
砸开吝啬者的门窗。
散掷那灰暗发霉的积蓄，
丢弃那寻穴藏的"不自信"，
让你的号角在风中宣扬
你的怒吼"不"吧。

72

女人，你曾用美使我流浪的日子甜蜜，
也曾用淳朴的恩慈接受我到你身边，
仿佛那不相识的星星用
微笑迎接了我，
当我在凉台上独自凝望
着南方夜晚的时候。

一个声音从上面来了："我们认得你，
因为你像我们的从无际的黑暗里来的客人，

光明的客人。"

在这个伟大的声音中你还向我呼唤:"我认得你。"

纵然我听不懂你的语言,女人,我却能在你音乐中听出——

"在这世上你永远是我们的客人,诗人,亲爱的客人。"

73

一具动物的尸骨惨白地躺在草上。

它的枯干的白骨——"时间"的冷酷的笑——对我叫:

骄傲的人,你的结局,是和死去的牛一样的,

因为当你人生之酒已经倒到最后一滴

酒杯就在最后的无留恋中被抛弃了。

我叫着回答:

我的生命不只是用破产的骨头

来付那食宿费以至弄到贫穷。

只要我还活着就永不会被

我所想到感到,获得与赋予,

听取和说出的所填满。

我的心思常常越过"时间"的边界——

它会最后永远停留在碎骨的边缘吗?

血肉永不能衡量那就是我自身的真理;

日子和时刻不能以他们经过的蹴踏使它朽腐;

那路旁的强盗,尘土,不敢抢夺它所有的财产。

死亡,我拒绝接受。

说我只不过是上帝的一个巨大的玩笑,

一个用"无限"的所有财富构成的

空白的灭绝。

74

她留给了我微笑的花朵

拿走了我痛苦的果实。

她拍手笑着说

她赢了。

中午有一双疯人似的眼睛,
血红的干渴在天空发狂。
我打开篮子发现
花儿枯萎了。

75

别叫他到你家里去,
那在夜里
在你路边独自赶路的梦想者。
他带着异乡的口音,
在他的琴上弹出的曲调
是陌生的。
你不用为他铺设座位;
天亮前他将别去。
因为他是被邀请到
自由的宴会上去歌唱
那新生的光明的。

76

节日的琴韵
在空气里飘浮。
这不是我沉思默想的时候。
合欢花枝为着
花时已近的兴奋而颤摇,
露的爱抚笼罩着林野。
在林间小道的仙网上
光和影互相感受着。
长长的草在它花朵里把欢笑送上天空。
我凝望天际,寻觅着我的诗句。

77

那在你里面悲哀着渴望光明的囚徒是谁呢?

他的琴儿悄然无声,
纵使生命的气息在空中流转;
他视而不见,
纵使晨光照亮了天空。

鸟儿对树林唱着新的起床曲,
新的喜乐在花光中迸发,
黑夜在墙外已经消沉,
然而冒烟的灯仍在狱中点亮着。
啊,为何在你家庭和天空中间
有这样的间隔呢?

78

别担心,因为你将征服,
你的门将要被打开,你的枷锁将要被解除。
你常在梦中忘了自己,
可是还必须一再地找回
你的天地。
从天地间传来号召,
呼唤你歌唱快乐和悲哀,
羞耻和恐怖。
叶子和花朵,
与下落流走的水,
请求你的音调和它们的音调产生共鸣,
让黑暗与光明
在你诗歌的旋律中颤动吧。

79

清晨的阳光为别离而悲痛。
诗人,拿起琴来吧!
就这样吧,假如你必须离开,就离开吧,
在滴露的秋天中把你的歌留给花朵。

这样的早晨还要从
东方金光闪闪的天边
发髻上插着素馨花来到。
在花园里阴凉的小道上，听着鸽子的欢唱而感到困倦，
享受绿意的爱抚而温柔陶醉，
这光明的幻象又将升起，
她的脚步铿锵着你自己的诗歌的足镯。
就这样吧，若是你必须离开。

80

用那在"美"的溪流中浮现的彩色来
填满你的眼睛，
你想捉住它是枉然的。
你一心去追逐的东西是幻影，
那激动你生命琴弦的是音乐。
群仙聚会处所饮的酒是没有质量的。
它是在湍急的小溪中，
在开满鲜花的树上，
在黑眼角上浮动的微笑里。
在自由里享受它吧。

81

你是我生命海岸上一丝清晨的金色的微光，
你是第一朵洁白秋花上的一滴珠露。
你是俯在尘土上的
远天的一道彩虹，
你是一个烘托着白云的
新月的梦，
你是偶然向世间表露的
一个乐园的秘密。
你是我的诗人的幻象，
从我忘却的日子里

显现出来,
你是永不被言说而存在的言语,
是以枷锁的形象来到的自由,
因为你为我开启了门扉
进到鲜活的光明之美中。

82

我永远四处寻找我的自身,
可是我怎能认出
那以变幻的形象和外表
在梦中飞掠的漂泊者呢?
我常在我的诗歌中,
静听着它的声音,
可是永不知道它住在什么地方。
时光已去,光影暗却,
从一个流浪者的琴上
别离的调子在晚风中荡漾。

83

我有何功劳得此厚赐,
啊,美丽者,
我这曾在你颈上的花环里有过地位的小花?
那天,新醒的大地流露着喜悦的眼光,
那笛子,在永新的爱抚下,
发出清晨的音乐。
假如这小花在鸟声渐倦的
黄昏时分
凋零在地上,
就让晚风把它吹走,
循着你远去的足迹越过黑暗,
别让它在不留意的时光,
被践踏在尘埃里吧。

序 诗

84

去大气中感受你的解脱吧,
啊,鸟儿,
别让你的翅翼变成懦弱。
不要屈服于窝巢的诱惑,
和黑夜的魔力。
难道在你睡觉的时候没有感觉到
在你梦中低吟的神秘愿望
和在黎明的企望,
如同从花蕊脸上揭开面纱似的
呈露出沉默的应许么。

85

我曾经在路上吹笛,
我曾经在你门前唱歌。
我曾经在你庙宇的装点着无尽色彩的影壁前
献上我的颂歌。

今天处处向我传来了
终局的话语。
他们叫我打开路途的铁锁,
穿过重叠无尽的相会与别离
去到礼拜的更远的海岸。

86

让我的镣铐随着你的舞步作响,
啊,舞蹈的神,
让我的心在永远呼唤的自由中醒来。
让它感到那永远使诗神莲座采曳的脚步的接触,
用它的香气熏狂了世代的气氛。
在你舞拍之下叛逆的原子驯服成了形象,
太阳与行星——光明的脚镯——

在你移动的脚边旋转，
并且，世世代代地，万物挣扎着要从黑暗的沉睡中醒来，
经过生命的苦痛，进入自觉，
你的极乐的海洋涌出苦痛与欢乐的喧哗。
在我离开以前，轻轻地用你的颜色染上我的心，
那青春微笑的颜色，眼泪里含着万古忧愁的颜色。
让它染着我的思想，我的行为，我的夜灯的火焰，
和我半夜觉醒的时间。
在我离开以前，将我的心和你旋舞的脚步一同举起，
这是从深夜唤醒星辰，
从石窟中释放流泉，
把声音在雷雨中交给云雾的旋舞——
这是使生存中心的持平，在运动的无尽循环中摇曳的旋舞。

87

初冬在半夜星辰上
展盖着她的轻纱，
召唤从深处传来，
"人啊，把你的灯拿出来吧。"

树林里没有花朵，
鸟雀停止了歌唱，
河边的草落了繁花。

来吧，底瓦里，从黑暗和孤寂中
唤醒隐藏的光焰，
向永远的光明献上交响乐的颂赞吧！
星光变暗了
遥远的夜空中没有了欢笑，
召唤从深处传来，
"人啊，把你的灯拿出来吧。"

三

88

今天世界为仇恨的昏聩而发狂,
冲突是无尽的残酷与痛苦,
它的道路弯曲,它的贪心的束缚是纠缠的。
一切生物都呼唤着你的新生,
啊,精力充沛的你,
拯救他们,发出你希望的永在的声音,
让蕴藏着无限的蜜的财富的爱的莲花
在你的光明中展开花瓣吧。
啊,尊严,啊,自由,
在你无量的慈悲与善良里
从这世界的心上抹去一切的污点。

你,不朽礼物的赐予者
给我们克制的力量
向我们索回我们骄横之气。
在旭日初升的智慧的光辉里
让盲者复明
让生命进入那死去的灵魂吧。
啊,尊严,啊,自由,
在你无量的慈悲与善良里
从这世界的心上抹去一切的污点。

由于不安的烦热,
由于自私自利的鸩毒,
由于没有止境的欲望的心而痛苦。
广大的国家都在他们额上
点上血红的仇恨的记号。

用你的右手抚摩他们吧，
使他们在精神上合一，
把和谐与美的韵律，
带进他们的生活里吧。
啊，尊严，啊，自由，
在你无量的慈悲与善良里
从这世界的心上抹去一切的污点。

89

为何剥夺了我的做女人的权利，
我的命运！
那就用我自己强劲的力量
勇敢地去夺得最好的生命奖赏，
而不望空凝思，
等待那偶尔向我漂来的机会
带着那忍耐的苦闷日子的
枯萎的果实？
无情地把我送到戒备森严的
营寨后面的珍宝那里去吧，
用我的一切进行孤注一掷的冒险。

我绝不要钏镯轻响在幽暗的黄昏中
偷偷地进入洞房，
我要抛开一切地
奔向爱的决死的冒险，
在那波浪汹涌的海边，
在那里它狂热的风暴将揭走
我脸上的羞怯的处女的面纱，
在海鸟不吉利的尖叫声中
我的呼唤能传到我的勇士那里——
你是我一个人的。

90

我俩静静地躺在睡梦的幽暗中,
到觉醒的时间了
等待你最后一句话。
转过脸来面向着我吧
以你含泪的秋波
使离愁永远美好。

清晨和它的晨星一起出现
在寂寥的遥远的天空。
别离之夜的忧愁已被俘缚在我的毗那琴弦上,
爱的失去的光辉将留驻在我的幻象里。
亲手打开那走向
最后的别离之门吧。

91

把那光荣幸福的名字再带给这个国家
就是那使你降生之地对全世界都是神圣的名字!
让你在菩提树下的大觉修成正果,
把不合理的面纱拉开
而且,在一个被遗忘的残缺的夜晚
让你的记忆在印度重新开花!
把生命带给痴呆的心灵,
你生命的光明!
让空气因你的灵感而有了生机!
让紧锁的门扉开启,响高的法螺在婆罗多门口
宣布你的来临。
通过无数的声音
让不可估量的爱的福音
宣告你的号召。

92

我又在夜间醒起,
世界的花瓣正在绽放,
这是个无限的惊奇。
巨大的岛屿还没命名就已沉入深渊,
星辰的最后一闪也未谋面,
数不尽的世代已失掉了它一切的负担。
世界的征服者消失成
暗淡故事后面一个名字的阴影,
伟大的国家兴建了胜利之塔
就像向饥饿难耐的土地献祭。
在这一堆被弃掷的东西里
我的头脑接受了光明的洗礼,
这是个无限的惊奇。
我和万千星斗同一天地和
喜马拉雅山峰一起站立。
我就在这里,就是在那波涛汹涌中
"恐怖"的狂舞与他的欢笑合拍的地方。
在它上面,世纪发出光来又消沉下去
皇冠如浪花一般只把他们的名字遗留在这老树的身上,
在这里,我又一天地被准许坐在它的苍老影子里,
这是一个无限的惊奇。

93

从远处眺望着你
在你神秘的恐怖的威慑中你似乎很巨大。
怀着疯狂跳动的心我站在你面前。
紧锁的眉头预示着恶意
猛然在咆哮中降下
轰隆的一击。
我的骨头碎了,

序 诗

我沉默等待
那最后疯狂的来临。

它已经来了。
我疑惑,难道这就是所有的威吓吗?
你高举着利器
看去非常的魁梧。
你下到我静卧着的地上
来攻击我。
你忽然变得渺小了,
我站立了起来。
从那时起我只有心痛
却没有恐怖。
你像死神那样伟大,
然而你的受害者比死神还伟大。

94

我的心随着远空下的莲花河一同悠然地流走。在她的对岸上伸展着沙滩,与世无关地,在庄严的荒芜中目空一切。

在这边掺杂着竹子,芒果树,老榕树;倾颓的茅舍;巨大的莲叶桐;池坡上的芥园;沟径边的甘蔗田;依恋着静寂时光的蓝靛园上的断垣,一行行的木麻黄也日日夜夜在废园中低语。

宗室的人们住在这分裂成"之"字形的崎岖的岸上,他们为山羊开出一处小小的牧场;在旁边的高地上,市场仓库的波浪形的屋瓦,不住地向太阳瞪视。整个村庄颤抖地站着,畏惧这无情的河水。

这条骄傲的河在古书上有她的名字;在她的血管里奔腾着恒河的圣流。

她总是冷冷地。她没有承认而只是容忍了她的两旁的房地;她在威仪中映衬出山岳庄严的沉默与海洋广阔的寂寥。

有一次我在她幽僻处的小岛的坡上系住了船,远离了一切的凡俗。

我在晨星发亮以前就睁开眼睛,我睡在七仙星高照的屋顶上。

无情的溪水从我寂寞的日子旁边流过,就像旅客途经路旁房舍中的哀乐,却丝毫没有感触。

在青春将逝的日子里，我来到这处平地，灰暗没有树木，只有一个孤零的小点，和那高耸在绿荫之下的山达尔村。

小古巴伊河是我的芳邻。她有世家的门第。她的质朴的名字是和无数年代的山达尔村妇的喧笑杂谈夹杂在一起的。

在她和这村庄的亲近之中，土地和水并没有不睦的裂痕，她轻易地将此岸的言语传递给彼岸。亚麻花开的田地和稻秧一样和她尽情接触。

当道路来到她身边忽然转折的时候，她大方地让行人跨过她的清澈潺潺的水流。

她的言语是小家的谈吐，不是学者的语言。她的律调和土地与水是同宗，她的流水对于大地上的黄绿的财富毫不嫉妒。

她在光明和阴影中穿越的体态是苗条翩婉的，她拍着手轻盈地跳跃。

在雨天她的手脚就变野了，就像村姑们喝醉了麻胡酒一样，但即使在她放纵的时候，她也从不冲破或是淹没她的近岸；只有她嬉笑奔走的时候以她裙子戏弄的舞旋拍打着岸边。

在中秋她的水变得清澈，她的水流变瘦了，显露出水底沙粒的苍白的光亮。她的贫乏并没有使她羞愧，因为她的财富不是自负，她的贫困更不吝啬。

于迥异的心境中，他们带着自己的美德，就像一个少女有时珠宝叮当舞动着，有时静坐着眼蕴倦意，唇含慵笑。

古巴伊河在脉搏中找到了和我的诗句相和的节奏，就是与富有韵律的语言和日常嘈杂的琐事，结成伙伴的节奏。

它的韵律并不使拿着弓箭游荡的男孩失望，它和木柴市场上满载稻草的车轮声合拍；它和挑着陶器的，一条扁担两只筐，一只小黄狗亲热地追着他的影子的那个工人的喘呀合拍；它随着那个每月领三卢比的薪水，举着破伞的乡村教师的拖沓的步伐一同移动着。

95

一个内地的老人又瘦又高，

新刮过的皱瘪的脸像只干苹果

拖沓地走在去市镇的路上

穿着一双修补过的破靴

和一件印花棉布的短衫

头上撑一把破伞，

序 诗

胳膊下夹一根竹棍。

这是一个八月闷热的清晨，
从淡云里透下昏暗的日光。
"昨夜"似乎在阴湿暗黑的
毛毡下闷死：
今天迟钝的风不定地
刺激着余甘树叶的
不时的回响。
这个陌生人走过我心上模糊的天际，
只不过是一个人，
并不明显，没有顾虑，
不需要任何细微的东西。
我也是短暂的从他生命的无人之境的边缘中显现，
在把那个人从一切关系分离的云雾中。
我幻想他的牛棚里有一头牛，
笼子里有一只鹦鹉，
他的妻子腕上佩戴着手镯，
在碾磨麦子，
洗衣工人是他的邻居，
里巷对门有一间杂货店，
他欠一个白沙瓦人一笔烦心的债，
而我的模模糊糊的自己
也只像是在某地一个过路的人。

96

虽然我知道，我的朋友，我们是迥异的
但是我的心拒绝接受这个说法。
因为我们在同一无眠之夜的
鸟鸣时苏醒，
一样的春天的符咒
进入我们的心灵深处。

泰戈尔 散文诗 小说

纵然你的脸面向光明
我的脸被阴影遮住
我们的幽会却是甜蜜而隐秘,
因为青春的洪水在它泛涨的舞蹈中
将我们拉在一起。

你以你的光辉与温存统治了世界,
我的脸是苍白的。
然而一阵高贵生命的气息
把我带到了你的身旁
我们分界的那条黑线
被清晨的明光烧红了。

97

一片千年的薄纱降临在你我之间
当你转过脸去消融在"过去"里
就是那因着腼腆犹豫而
在爱的旅途中迷失了方向的人们
过着鬼魂似的生活的地方。
隔离我们的空间很仄——
一道小溪在低语中织出了
我们别时的回忆
和你走过的脚步声的悲愁。
所有我能献给你的
只是一段没有奏出的爱的音乐,
让它跟着你消逝。

98

在清晨的朦胧中,罗摩难陀,那位伟大的婆罗门大师,
站在恒河的圣水里守候着清洗的流水淹没过他的心。
他奇怪为何这水今天早晨没有流来。

序 诗

太阳升起了,他祈祷圣光祝福他的思想把他的生命向真理展开。

然而他的心仍旧是黑暗而且烦乱。

太阳爬过了婆罗树林,渔船也鼓起了帆,乳姑顶着奶罐到市集上去。

这位大师走出水来在岸边沙滩芦苇丛里行走,婉转的黄鹂在河岸坡上正忙着挖洞筑巢。

他走到那皮匠们居住的发臭的村庄,瘦狗在路边啃着骨头,鸢鸟扑向那偶尔抛出的肉片。

帕金坐在他门口的老罗望子树下在做着骆驼鞍子。

他看到这位大师洗完澡出来走进这肮脏的近村时,他敬畏地缩起身来,这斑白的老皮匠远远地俯伏在地。

罗摩难陀把他拉到胸前,帕金的眼里满是泪水,痛苦地叫:"夫子,你为何要把自己玷污!"

夫子说:"我去洗浴的时候,我轻视了你的村庄,因此我的心失去了恒河的为一切众生的母爱的祝福。

"当你的身体和我的身体相接触的时候,她的爱抚终于临到了我,我就被净化了。

"今天早晨我向太阳呼唤,'在你里面的仙人也在我里面,然而为何我没有在心灵中碰见你?'

"当他的明光降临在你我额上的此刻,我已经碰见他了,今天我无需再在庙里朝拜了。"

99

我忽略了对你的价值的称赞
因为我无根据地肯定了我的财产。
昼夜不断地把你的贡献送到我的脚边。
我斜着眼睛望着它们被送到我的仓库里。
四月的忍冬花为你的献礼添上芳馨,
秋天夜晚的圆月的清光也向它们映射。

你常把你波浪形的黑发,倒泻在我的膝上
你泪眼婆婆地说:

我对你的献礼，我的王，是可怜的少啊！
我无法再多给你，因为我已没有什么了。

一天又一天地过去了
今天你却不再在这里。
我最后终于来打开了我的仓库，
拿起那串你亲自给我戴在颈上的
珍宝的链环。
我以前那冷漠的骄傲
吻了你遗留在尘土里的足迹。
今天我真正得到了你
因为我用我的忧伤抵偿了
你的爱情的价值。

100

这个山达尔女人在木棉树下的沙路上匆匆地走上走下；一块粗糙的灰色的纱布紧紧地缠裹住她的黝黑而结实的苗条的身躯；

纱布的红边如同妙焰花的火红魔咒一样在风中飞扬。

哪位开小差的设计大师，在用七月的云彩和闪电模塑一只黑鸟的时候，在不知不觉之中不小心造就了这个女人的形象；她把激动的翅翼藏在身子下，她的轻健的脚步既像女人的行走也像鸟的飞翔。

在她模塑得绝美的臂腕上戴着几只漆镯，一筐散沙顶在她头上，她在木棉树下如风似地飞过铺着红沙的小路。

不愿离去的冬天已经完成了它的使命。偶尔吹过的南风已在撩弄这冬月的清严。金冬丛枝上的叶子已经染上灿烂的金光。余甘树林中点缀着熟透的果实，喧闹的孩子们在那里围聚抢夺。成堆的落叶和沙土在随着无定的风跳着旋舞，像鬼似的。

我的土屋动工了，工人们在忙着砌墙。远处的汽笛声仿佛在告诉人们铁路的交叉处正过着火车，附近学校里也响起了召唤的铃声。

我坐在凉台上看着这年轻的女人不停地劳作。这时我觉得这女人的服务是神圣地注定奉献给她所爱的人，然而它的神圣被市价玷污了，竟被我借着几个铜钱

序 诗

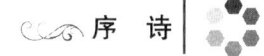

的帮忙把它掠夺了,我感到深深地羞愧。

101

在被神化的云雾笼罩着的人类的第一个早晨,
那些带着惊异的眼光的寻求者走在陌生的海滩上。
战士们在风暴的鼓声中在无边的战场上
向漫长无尽的时间行进。

大地在无尽穷追的不停践踏下颤抖,
夜半的睡眠被惊扰了,
安乐的生活变成痛苦
死亡变成珍贵的。

那些被道路追逐着
奔涌出来的人
永远远离着死亡,
那些缠扭着家庭的人
命中注定要永远闭上眼睛卧倒在没有灵魂的生活中。
那位愚蠢地挑选了鬼国盖造起他的隐蔽所的人是谁呢?
他一定是被枯燥的宁静和呆钝的安全所迷惑住了。

太初人在生存的陌路上
找回了自己。
他在路上领到的口粮在他血里,
在他梦中,在他路上。
当他坐下作出打算的时候,他把楼阁举到云中
楼阁的基础倒塌了;
他筑起堤坝的原因只是为了防止它被洪水冲走。
很多次困倦的他在宴会大厅里,在烟熏的微暗的灯光中睡着了,
直到一个梦魇的袭击使他憋住气
把他的骨骼弄得咯咯作响
他才在死亡的痛苦呻吟中醒来。

突然睡醒常能激励他向前
从老朽世纪的藩篱中
走向无边无际的地平线上，
冲动催迫他逃脱自负的成功的镣枷
给他提醒说，那"时间"辇道上的凯旋表柱
已经把立柱的人埋在它们的无名废墟之下。

他匆匆地去参加那从各世纪来的
破坏示范的军队。
翻越山岭，
砸碎石墙，
打开铁门，
当天空和"永在"的鼓声一同跳跃的时候。

102

在那朦胧的混沌时代初期，
当上帝对他自己的手艺生气
对他自己幼稚的努力摇头
表示不满，
一阵烦躁的波浪把你
从东方的胸怀掳走，
阿非利加，
把你关在参天大树警卫的
暗淡无光的密栅内去沉思默想。
在你那深密的黑洞里
你慢慢地积攒起旷野的令人困惑的神秘，
钻研那难读的地和水的符号；
自然的神秘的魔术在你心灵中
激起了意识界限以外的魔幻礼拜。

你乔装成残废的形骸来嘲笑那可怕的

序 诗

在仿效一个威猛的吼叫中
以你的可怖来征服恐惧。
啊,你隐藏在一块黑纱下面,
黑纱使你的人类的尊严黯然失色
成为耻辱的黧黑的幻象。
那些用捉人的囚笼来偷袭你的猎人
他们的凶猛比你的狼齿还锐利,
他们的骄横比不见天日的森林还昏黑。
文明人的野蛮的贪婪把恬不知耻的不人道赤裸裸地暴露。
你哭泣了,而你的号叫被压抑住,
你森林中的小径被血和泪浸成泥泞,
同时强盗们的钉靴
在你耻辱的历史上
留下了永不泯灭的印迹。
可是在海洋的那边总有
教堂的钟声在他们城乡鸣响,
婴孩在母亲怀中熟睡,
诗人们在吟诵"美"的颂歌。

当今天西方的地平线上
夕照的天空充塞着尘沙的风暴,
当野兽爬出白天洞穴
用狂吼来宣告白天的死亡。
来吧,你这死亡时间的诗人,
站在这被蹂躏的女人的门前,
恳求她的宽恕吧,
在垂危的大陆的昏迷之中。
让它作为一句最后的伟大的话吧。

103

让我的荣誉都来自你,
我要在沉重痛苦的骄傲中

响应你紧急工作的号召。

别使我昏迷地睡着；
把在尘土中蜷缩的我拉出来，
从束缚我们的心灵，使我们的命运无意义的桎梏中解救出来；
从使我们的尊严屈服于独裁者的脚下的混乱中解救出来；
打碎我们长久的屈辱，
抬起我们的头。
向着无尽的天空，
向着灿烂的光明，
向着自由的空气。

104

他被卷入无数注视的目光织成的网里，
拉进声响的旋涡中，
这位名望极高的人。
啊，他已经在那些人中丧失了他的地位
就是那些连自己生日都不知道的人，
就像那在枝上轻颤的叶子，
无人理睬地落在尘土里。
他住在冷寂的监牢的人群中
一条光荣的锁链永远在他手脚上叮当作响。
可怜可怜他吧，把他释放到
清洁光明的世界里，绿荫和甜蜜的静寂里，
在那无涯的沙土里——
那原始的孩童的游戏场上。
当那从黑暗中来的渡船
把他带到未知海岸的渡头上，
他就没有遮挡光明的东西
这光明轻抚着他赤裸的身子
就如同它轻抚着空气中张开的船帆。

序 诗

在这早晨的纯洁自由里
没有名字的花在草中开放,
春光在无边的闲暇中
展开金色的翅膀。

在这假日的宁静中
从一个甜蜜的声音里
他的名字感受到无量的价值,
它的悠远的乐音使他在三月令人发困的下午默思沉想
它的约期今天写在闪烁颤摇的榕树叶上。
他受到了莲花河和从岸边竹林中
穿过的辰星之光的诗人的款待。
密集的阴云在他眼前舒展
一片紫影在被雨润湿的远林中;
他的眼睛随着嬉戏的女孩的脚步
从绿荫的村巷来到了河边,
在夕照的天空下,
在芥菜和亚麻子开花的田地里
享受着色彩的二重奏。

他凝望着说,"我爱它",
而且情愿把这爱留下,
即使他的巨大的努力化为虚无,
而这带着他的终生惊异的敬礼
将在他土地的尘土上
留下一个永恒的接触的记忆。

105

你,作画的人,
一个在人和物中间不停的游客,
你把他们收集在你幻象的网里

又用线条把他们勾勒出来
远远超过了他们的社会价值和市场价格。

那边是游民的村落，
有着密集的朴素的屋顶，
还有那后面被发怒的四月的骄阳
烤焦了的一块空旷场地
是我们匆匆走过而绝不会看不到的
直到你的线路说了出来；
他们是在那里，
我们吃惊着说，他们真的在那里。
那些无名的脚步顷刻消失成影子
从他们的"无"中被解救出来
迫使我们去承认
他们里面真实的更大的价值
比那王爷们花费金钱而得的可疑的画像
只供那些人张口呆视的画像的价值
大得多了。

你不理睬那花园的神话的马，
当你的眼睛被这山羊所吸引，
当它在我们牧场上徘徊的时候
因着我们的劝告而注意到了的。
你把羊性的尊严在线条里表现了出来，
我们的心灵在惊叹中苏醒。
那可怜的卖羊的商贩可不晓得这件事
就是这张画并不仅仅代表这平常牲畜的本身，
它更重要的是一个发现。

106

在无限黑暗的秘密后面

序 诗

充满光明的世界消失了
破坏者走了进来,
在不祥的宁静的掩盖之下
在我存在深处上演着修筑。
最后终于舞台出来了
为着生命戏剧的新的一幕,
当那一只火红的手指从天空触到了一丝黑暗
一缕激颤的闪电穿过无边的睡梦
把它击得粉碎。
激醒的泉水开始流穿那拥挤的血管——
就像六月霪雨的第一次洪流
在干涸的河床中间
争相寻着它的支路。
巨大的阴影堵塞了光明的路途
纷乱出现了——
直到他们被冲走了,
新生的精神
在和平光亮的地平线上
解放了自己。
而我的躯壳
这担负着过去的负担者——
对于我好像是从清晨的懒倦的
臂腕中溜走的疲倦的云彩。
我觉得在它掌握中获得了自由
在灵光的心中
在最远的虚幻事物的彼岸。

107

我的心灵,从遗忘的
黑洞里被释放出来
觉醒后感到不堪忍受的惊奇,

我的心灵发现自己是在
喷出一股侮辱人类的窒息气味的
地狱烈火的火山口边；
它目睹了"时间幽灵"的
漫长自杀的痛苦
经过一阵比死亡还惨痛的
畸形残废的痉挛。
在它的这边是一个野蛮的挑战
和杀人的酗醉的咆哮，
在那边是束缚在他们小心看守的
积蓄上的胆怯的国家，
一时暴躁得失算以后
便逆来顺受地安于沉默的安全。
在古老国的会议厅里的
计划和抗议都在紧闭的慎重的
双唇中间压平了。
同时从天空中横飞过那
带着炽烈的诅咒的
没有灵魂的兀鹰似的机群
携带着那垂涎人类脏腑的
饥饿的飞弹。

赐给我权力吧，
坐在永生宝座上的，恐怖的审判者！
赐给我雷霆般的声音，
使我能够投掷诅咒在那生番身上
他那使人毛骨悚然的饥肠
连妇女儿童也不放过，
使我斥责的言辞能够永远震撼
这自侮的历史的脉搏，

直到这个被窒息被束缚的时代
在它的灰烬里找到它最后
安息的睡床。

108

战鼓敲起了。
人们竭力作出吓唬人的模样
咬牙切齿;
在人们跑到为"死亡"的肉库
收集人肉之前,
他们整队到佛陀,那大慈大悲者的庙宇里,
祈求他的保佑,
战鼓正在隆隆地大敲大擂
大地战战兢兢。

他们祈求成功;
因为他们在割断爱的纽带,
把旗子插在荒凉的家园的灰烬上,
蹂躏了文化中心
和"美"的神殿,
他们走过绿野和闹市,
用鲜血染红了身后的道路之后,
必定会引起哭泣与哀号,
因此他们整队到佛陀,那大慈大悲者的庙宇里,
祈求他的保佑,
战鼓正在隆隆地大敲大擂
大地战战兢兢。

每杀害一千个人,他们都要以凯旋的号角来标点
来引起魔鬼的欢笑,当他看到
妇孺的血肉淋漓的肢体;

他们祈求他们能以歪理
来蒙蔽人们的心灵
来毒害神明的芬芳馥郁的气息,
因此他们整队到佛陀,那大慈大悲者的庙宇里,
祈求他的保佑,
战鼓正在隆隆地大敲大擂
大地战战兢兢。

109

我的生日!
手里拿着"死亡"的通行证
它从潜跃中浮现在"无"的裂口
来到存在的边沿稍作呼吸。
从腐朽的链条上散落下古老的链环。
又用这个最新的生日
开始计算新生命的日子。
这款待把今天献给了我,
一个过路人,
他想默默地念出那一颗陌生的星辰对早晨的标记
召唤他走向一段没有图表的旅程。
这是被他的生日和死期平分的,
和晨星与残月的光明相混的旅程。
我将向他们唱出同样的赞歌
向死亡也向生命。

答应我,大地母亲,
把我生命中从渴望生出的幻想
退却到最远的天边,
我用肮脏的乞讨用的碗把它收集的秽物
倒弃在尘埃里;
在我渡向未曾显露的彼岸的时候

序 诗

让我永不留恋生命筵席的残肴。
如今在这黄昏思睡的昏暗中
你鞭策我让我去拉动生命的车辇的
刀刃般尖利的饥渴的意义失掉了
你开始一件件地向我收回你的礼物。
你对我的需求慢慢地少了
你也更少使用我了，
你在我额上贴上舍弃的标签。
这些我都感觉到了，然而我知道，
你对我一切的侮辱
不能把我的价值贬得一文不值。

让我残废吧，如果你想这样做，
遮起我眼上一切的明光，
把我覆盖在残废的阴影里，
然而在我存在的破庙里
那古老的神佛仍安坐在宝座上。
你尽情地破坏并把碎片堆起，
而在这废墟中间
那内在的一丝光明
将永远明亮地燃烧着。
因为它受着天酒的滋养
那是神人们通过每一声色倾倒地上来的。
我爱过他们
而且歌颂了这爱。
这爱把我举高，超出你的界线。
这永存的爱，即使它的语言渐渐微弱
为着经常使用而消损。

在我的爱上曾经影印过他们的签名

芒果花的花粉，
合欢花的带着冷气的芬馨。
唤春在初晓的呢喃
和爱人欢乐的抚触。
当我向你辞行的时候，啊，大地，
从我收回你给我的一切东西，
为生命寄旅的衣食。
你千万别想我瞧不起你的礼物。
我永远感激这泥土的模型。
通过它我得到了进入"无形象"的导引。

无论什么时候我带着寡欲的心
来到你的门前
我都曾受到你真心的欢迎。
我知道你的礼物是不送给贪婪的人的，
你把甘露留存在你的瓦罐里
不给那淫秽的饥渴的贪婪的嘴唇。
你在等待，啊，大地，带着你神圣的礼物，
来欢迎那走在超脱的艰难路上的行人。
贪婪之人渴望着肉食，
商人却为变质的肉烦恼，
今天在他们强暴的闹会中，
日夜纠缠在一起。
然而嘲弄像从前一样引我微笑，
对那有学问的人的豪举的愚蠢，
对那乞丐的富豪的专横，
对那炫耀的可厌的浓妆，
对那讽刺人的神性的渎神者的咒骂。

够了。你的凉台上敲着已到时间的钟，

我的心应和着告别的吱嘎的开门的声音。
在这天色逐渐阴沉黄昏的幽暗里,
我将收聚起残留的微焰来点燃我的将灭的意识,
来向你奉上最后的献礼,啊,大地,
在七仙星的凝注之下。
我的最后的无声歌曲的香烟
将围绕着你缥缈上升。
我将留下一棵蛟花粉
它即将开花,
此岸的痛苦的心无望地盼着过渡,
爱把自责保存在它疲倦的记忆里
却消失在日常工作的帘后了。

110

在上空,科学的灯光照耀,
黑夜忘却了自己,
而在地底的昏暗中
瘦骨嶙峋的饥饿和得意忘形的贪婪
互相冲击,直到大地震颤
凯旋的柱子可怕地断裂了,
在海峡的岸边倾倚着。

不要在惊惶中哀号
也不要愤怒地批判上帝,
让膨胀的邪恶在苦痛中迸裂
吐出它积藏的秽物。
当吃人的狂魔的牺牲者
被饿齿争拽的时候,
让那可恶的血浸的亵渎
激起神圣的愤怒,从一个恐怖的最后审判
宣告出一个英雄的和平。

他们聚集在教堂里
在一人因着恐惧而加剧的原始狂乱的信仰中
它指望把上帝谄媚得
心满意足
谄媚得宽容而软弱无力。
他们半信半疑地觉得和平将
降临在这疯狂的地上
仅仅为着他们写在圣书上的哀恸。
他们信赖着他们纵容迁就的上帝
会许给他们以及时的智慧
来向较弱的人们索取所需要的
一切的礼拜的祭品，
留下他们自己不义之财
不受瓜分。

然而让我们希望，
为着世界上道德正义的庄严，
上帝永远不会上当受骗
尽管被那少数操纵的外交的忠顺
小心地避免自己一切的损失，
而一场可怕的忏悔也许必须进行
它的最后的结局，
绝不在一个奸诈的治好的伤疤上面留下一点余毒。

111

经过人类的多难的历史
一阵破坏的无知的狂怒席卷而来
文明的高塔颠覆在尘埃里。
在道义化为乌有的混乱里
历代的烈士们英勇地赢得的
人类最好的珍宝

被掠夺者践踏在脚下。

来吧,年轻的国家,
宣告为自由而战,
举起战无不胜的信仰的旗帜。
用生命修起桥梁跨过被恨恶炸裂的大地,
向前迈进。
不要自己屈服,
不要被恐怖踢倒,不要把侮辱的负担顶在头上,
也不要用虚伪和诡诈挖掘沟壕
为你不光彩的人格盖起一个隐蔽所;
不要为了拯救自己
把弱者当作牺牲献给强人。

112

以统治者的招牌
打过他一次的人,
又在这世纪诞生了。

他们穿着拜神的衣服聚集在
他们的祈祷殿里,
他们命令他们的兵士,
他们喊着"杀、杀",
在他们的怒吼声中夹杂着他们的赞美诗,
这时人子正在他的痛苦中祷告说:"啊,上帝,
丢掉,远远地丢掉这只盛满最苦的毒汁的酒杯吧。"

四

113

你曾从你无穷无尽的光明仓库中借给我眼睛一大片光明;如今在一天即将结

束时你来把它索回,我的主人,我明确无误地知道我必须偿还我的负债。

然而为什么在我夜灯之前投下阴影?我在世上不过是来到你明光中的一个短期的过客,如果在这丰满的光中有些碎片留下的时候,让它们在你车辇最后的辙迹中不经意地撒下吧。

让我从尘埃中拾起散落的光和影,一些有色的幻象的微光用以建造起我自己的微小世界,就是对你债务的残余,不值得收集的残余。

114

在这个伟大的宇宙里
旋转着痛苦的巨轮;
星斗崩裂,
光尘的火花,到处飞
急速地飞散,
把生存的烦恼包罗在
原始的网子里。
在痛苦的武器仓库里
在通红的架子上满挂着
叮当直响的拷打的刑具。
流血的创口张裂着。
人的躯体是细小的,
他的忍受煎熬的力量多么巨大。
在创造和混乱的合流里
他为何在沉醉于自己神威的神人们的可怖的贺宴上,
举起他的烧红的酒杯呢——
啊,为何扫聚这红泪的乱潮
来灌满他的泥土的躯体呢?
他的不可征服的意志
把无尽的价值带给每时每刻。
人的祭献
他的肉体上灼烧的苦痛——
有什么能和

日星的整个火一般的奉献相比呢？
这种勇敢的不屈的财富，
这种视死如归的精神——
像这样的凯旋的行进，千千万万，
踏着炭火
走向悲伤的极点——
在哪条路上还有这样追求的，无名的，光辉的
这样走在一起的香客？
这样的礼拜的净水，冲穿火成岩石，
这样无尽的爱的宝藏？

115

午夜时分
在病床的幻象中
显现了清醒的你，
这对我好像是
无数的日月星辰
都在保佑我微小的生命：
等我知道你要离开我
恐怖向诸天伸展
那极度可怕的漠不关心的恐怖。

116

她是一个秋夜的神灵，
披着的微光，
带来星辰的不尽安宁的应许，
在她静默的服务引导下。
漫漫长夜流连的疲倦的脚步
来到晨星的郊邻。
她的长发被清晨的柔风吹拂着，
透出早祷的烟香，

她的晚上的忧郁的甜柔的脸，
在晨光的祝福中发出了光芒。

117

当我从梦中醒来
我发现一篮橘子在我脚边，
我正思忖是谁赠予的这礼物
我从一名字猜到另一名字
然而美好的名字，
如同春花一样的繁多，
所有不同的名字联合起来
便成为一件完美的礼物。

118

在无尽的世界之旅上
无数的活动之中，
她的性格是分散在
一切她所未占有和不完全的占有之中。

在病床旁围绕着一个亲切的目标
她像一个新的形象呈现着
她的存在太完美了，
所有的善
都集中在她里面，
在她的轻抚里，在她无眠的忧虑的眼神中。

119

在我康复的路上
当我领受自然最早的友好问候的时光，
她在我眼前举起无边的令人惊奇的珍贵的礼物。
树丛和蓝天沐浴在晨光之中

虽是古老和已曾相识的
向我展现了在他们里面最新的创造
我感到我的今生
是交织在许多变幻形象的诞生之中
如同阳光是不同的光线组成的一样
每一个形象在它的合一里
是和无数看不见的形象掺杂着。

120

此生我赢得了"美"的祝福。
在人类爱情的瓶中我尝过
他自己的圣酒。
悲伤，难以担负的，
把不可伤害，不可征服的灵魂
指示给我。
在我感到死亡的阴影降临的一天，
我没有被恐怖挫败。
大地的伟大人物没有剥夺
我和他们的接触，
他们的不朽的话语曾累积在我的心中。
我曾得到生命之神的恩惠：
让我把这记忆留在
感谢的语言中吧。

121

在"时光"悠暇的溪流上浮泛
我的心移动着，凝望着遥远的太空。
在这空旷的道路上
一幅画面在我眼前形成。
世代以来一行列的人以征服的骄傲的速度穿过悠长的"过去"。
帝国欲的帕坦人过来了，

还有莫卧儿人：

凯旋的车轮

扬起了飞扬的尘土；

胜利的旗帜漫天飞舞。

我望着这空旷的路，

今天已经没有了他们的遗迹。

那碧空，从早到晚，从一个世纪到另一个世纪

被日出日落的光彩渲染着。

在这空旷里，成群结队地

沿着铁轨，在喷火的列车上，

又来了强悍的英国人，

散发着他们的活力。

通过他们的道路也将涌过"时光"的洪流

卷走这遍地的帝国的密网。

他们的军队，带着商品，

在满天星辰下的空旷路口

将不留下一点痕迹。

当我在这大地上四下环顾

我看见许多群众，

纷乱地动着，

在分歧的路上五三成群

从一个世纪到另一个世纪，

被人类的生和死的日常所需驱使着。

他们，永远地

摇着桨，掌着舵；

他们，在田地里，

播种，收割。

他们在不停地劳动着。

王笏破裂了，战鼓也不再敲响；

胜利的柱子倒塌了,痴呆地忘掉了自己所代表的意义;
沾着血迹的武器,瞪着血红的眼睛的血红的面庞
把他们的记录隐藏在儿童的故事书里。
他们不停地劳动着;
在安伽,在般伽,在羯陵伽的河海的石阶边,
在旁遮普,孟买和古甲拉特,
亿万的嘈杂的声音如雷霆般
日夜交织在一起,
形成这伟大世界生活的共鸣。
不断地把忧伤和快乐夹杂在
高唱的伟大的生命颂歌中。
在千百个帝国的废墟上,
他们在不停地劳动着。

122

我时常觉得
我离去的日子临近了。
以宁静的落日的余晖
来遮掩这别离的日子。
让这时间是安宁的,沉默的。
别开任何盛大的纪念会
以创造悲伤的氛围。
但愿森林中的树木在别离的门边
在沉默的叶丛中
唱起大地的平安的颂歌。
但愿黑夜降下无言的祝福,
和七仙星的仁慈的光辉。

123

在我生日的水瓶里
从许多香客那里

我收集了圣水，这个我都记得。
有一次我去到中国，
那些我从没有碰见的人
把友谊的朱砂点上我的前额
称我为自己人。
不知不觉中陌生人的服装被脱下来
内里那个永远显示一种
意外的欢乐情谊的
人出现了。
我取了一个中国名字，穿上中国衣服。
在我心中早就明白
我在哪里找到了朋友，就在哪里获得新生，
朋友带来了生命的奇妙。
在异乡开着不知名的花朵，
它们的名字是陌生的，异乡的土壤是它们的祖国，
可是在灵魂的欢乐的王国里
他们的情谊
受到了开诚相见的欢迎。

124

节日又一次地到来了，
带着春天的丰富的祝贺
诗人走廊边的花枝上
插满了一只新的生日的篮子。
我远远地躲在一间紧闭的屋里——
今年，妙焰花的劝驾是无用的，
我想唱出"春山"的曲子，
然而临近的别梦郁积在我的心头。
我的生日，我明白，
不久就要融入永恒，
在"时间"的长河中消失。

这悲伤并没有影响花街阴影的温柔，
记忆的痛苦没有在森林的萧萧瑟瑟中发声。
无情的欢乐将奏起这节日的音乐
在路上，挥走离愁。

125

日光炎炎，
在这个孤寂的中午。
我望着这张空椅，
在那上面找不到一丝安慰的痕迹。
在它的心中
满是绝望的言辞
好像要在哀恸中说出。
空虚的声音
充满了慈怜
让人无法把握那最深的意义。

仿佛一只狗带着忧伤的目光
寻找他的走失的主人一样，
他的心在迷惘的哀愁中悲唤着，
不知出了何事也不知为什么，
只有无用的目光在到处找寻着：
这张椅子的声音似乎比
他的哀苦还要柔弱还要悲伤，
它的空洞的沉默的
被夺走亲人的痛苦
弥漫了整个房间。

126

在茹卜那伦的河岸上
我起来，清醒着：

我承认，这个世界，
不是一个幻梦。
在用血写成的文字里
我清楚地看到我的存在，
通过反复的毁伤和痛苦
我认识了我自己。
真理是严酷的，
我喜爱这种严酷，
它永不欺骗。
今生是一生炼修的受难，
为换取真理的可怕的价值，
在死亡中偿还一切的债务。

127

第一天的太阳
问
存在的新知——
你是谁，
却得不到回答。
一年一年过去了，
这天的最后的太阳
在静寂的夜晚
在西方的海岸上
问着最后的问题——
你是谁，
却得不到回答。

128

忧愁的黑夜，一次次地
来到了我的门前。
我看出，它的唯一的武器，

是痛苦地歪曲的假装；
恐怖的可恶的姿态
在黑暗中开始演奏它欺骗的序曲。
何时我相信了
它的狰狞的面目，
何时就会带来无法估量的挫败。
这胜负的游戏是生命的幻想；
从儿童时代，每走一步，
这个家伙总是紧跟着，
充满着忧愁的嘲弄。
一幅令人惊恐万状的活动帘幕——
死亡的精巧的手艺
在零碎的昏暗中织成。

129

你用诡计多端的罗网铺设在你
创造的道路上，
你这狡猾者。
你用灵巧的手
在这单纯的生活里
安上伪信的圈套。
你以这欺骗
在"伟大"上留下一个瑕疵。
对于探索者，你并没隐藏黑夜的秘密。
你的星辰向他指示的道路，
就是他自己内心的道路，
他的单纯的信仰
使它永远熠熠生辉。
外面弯曲内里正直
他为此而自豪。
人们说他是无用的人。

他用自己纯洁的内心
赢得了真理。
什么都欺骗不了他，
他带进他的宝库中的
最后的报酬。
他这轻易地接受你的诡计的人
从你的手中得到了
达到安宁的永远的权利。

130

前面是宁静的海洋。
把船放下吧，舵手。
你们将是永远的伙伴
把他抱在你的腿上吧。
在"无穷"的道路上
北极星将要放光。
自由的赋予者，你的宽恕，你的仁慈
在这永远的旅途中
将要是数不清的财富。
让尘世的牵累消灭吧，
让广大的宇宙把他抱在怀里，
让他在他无所畏惧的心中
认识到这伟大的无名作者吧。

小说

很久以前的一个九月底,也像今天这样的一个早晨,有一位年纪轻、个儿高、皮肤白的苦行者——我也不知道是从哪儿来的——在我前面那个湿婆庙里住下。这件事在村子里传开了。妇女们把她们的瓶子搁下,都挤到庙里去参拜这位圣人。

河边的台阶

你要是想听过去的旧事,你就坐在我这个台阶上,你听,那微波起伏的流水正在低声地诉说哩!

转眼就要到九月了。河里的水,涨得很高。我的台阶就只剩下四级露在水面上了。水已经涨到河岸低的那部分。那一带有芒果林,林中长满了密密层层的腰果的树秧。在河流拐弯的地方,有三堆旧砖头,在水中巍然矗立。天刚亮的时候,系在白杨树下的渔船,在那时起时伏的水上摇晃着。沿着河,在沙滩上长着高高的草丛,朝阳照在上面。它们已经开花,但是还没有盛开。

那些小船都扬着帆在这个阳光普照的河上驶过去。婆罗门祭司带着他的铜罐到河边来洗澡。妇人也三三两两地来汲水。我知道这个时候苦森该来了。

可是这一天早晨我并没有看见她来。蒲班和斯娃诺都到这个洗澡的地方来了。她们提起苦森,都很伤心,她们说,她已经到她丈夫家里去了。那儿离这条河远着呐。她在那儿孤零零地,举目无亲,人地生疏。

过了些时候,我几乎把她都忘了。说话又是一年。到河边来洗澡的那些女人已经很少谈到苦森了。有一天晚上,我吓了一跳,因为我感觉她那双长长的,对我来说是很熟悉的脚,又踩在台阶上面了。不错,是她那双脚;可是,唉,已经不戴足镯了,走道时镯子上那叮叮当当好听的声音也没有了。

苦森已经做了寡妇了。她们说,她的丈夫在很远的一个地方工作,她就只和他见过一两次面。有一天她接到一封信,才知道她的丈夫死了。她才不过八岁,就已经做了寡妇。她把额上点的标志着她是有夫之妇的红痣擦掉,把镯子也捋了下去,再回到她那在恒河旁边的老家来。可是这次回来,就看不到几个从前在一块儿玩的童年伙伴了。这几个人当中,蒲班、斯娃诺和阿马拉都结了婚,走了,就只剩下沙拉特还在这儿,听说她明年十二月也要出嫁了。

雨季一来,恒河的水很快就涨得满满的。像河水一样,苦森的美和青春也就一天一天地成熟了。她那深色的长衣,带着愁思的面孔和贞静幽娴的态度,给她的青春蒙上了一块面纱，使男人看了，就好像在雾里一样，看不清楚。十年一晃就过去了，似乎并没有人注意苦森已经长大成人了。

很久以前的一个九月底，也像今天这样的一个早晨，有一位年纪轻、个儿高、皮肤白的苦行者——我也不知道是从哪儿来的——在我前面那个湿婆庙里住下。这件事在村子里传开了。妇女们把她们的瓶子搁下，都挤到庙里去参拜这位圣人。

每天上庙里去的人，愈来愈多。这位苦行者的大名在妇女当中传得极快。他在庙里有时高声背诵《薄伽梵歌》，有时解释《薄伽梵歌》，有时讲经典。有人是因事来请他指教的，有来求符咒的，也有要药治病的。

又过了几个月。在四月里，正当日食的时候，很多人都到恒河来洗澡。白杨树下有一个庙会。很多香客都到庙里去看这位苦行者，这里面有些人是从苦森婆家那个村子里来的。

那是在早晨。苦行者正坐在我的台阶上数念珠。忽然有一位女香客用胳臂肘轻轻地推她旁边那位女香客说："喂，这就是我们的苦森的丈夫！"另外一位女香客用两只手指把面纱稍微揭开一点，叫了起来："哎呀，啧啧！可不是吗！他是我们村里恰特古家的小儿子嘛！"还有一位乘机把她的面纱卖弄一下，说："啊呀，他的额头、鼻子和眼睛简直和他长得一模一样。"还有一位，并没有朝苦行者望着，却用手去搅她瓶里的水，叹一口气说："哎，那位青年已经不在了，他不会再回来了。苦森真是倒霉呀！"

有一位不同意说："他没有那么长的胡子。"还有一位说："他没有那么瘦。"也有人说："他也许没有这么高。"这个悬案算是解决了，这场辩论就告一段落。

有一天晚上，圆圆的月亮刚升起的时候，苦森来了，坐在我的离水最近的那个台阶上。她的影子就落在我的身上。

那时没有什么人到这个洗澡的地方来。我的周围尽是一片蟋蟀的鸣声，庙里刚刚打完钟，敲完铜锣，那袅袅余音愈来愈轻，最后就渐渐地消逝在远岸上的那些阴暗的丛林里面了。一道长长的灿烂的月光躺在恒河暗黑的水面上。在岸上，在矮树丛和篱笆里，在庙宇的走廊下，在已经塌了的房子的地基上，在池塘旁边，在棕树林里，到处都是一些奇形怪状的阴影。蝙蝠从七叶树枝上飞过来。在那些房子附近，时而传来一阵豺狼的嗥叫声，时而又静悄悄的，一点声音都没有了。

苦行者慢慢地从庙里走出来。他走到洗澡的地方，下了几级台阶，看见一个妇人，独自一个坐在那儿。他正想回去，忽然苦森抬起头来往后面看。她的面纱滑了下来。当她抬头往上面看的时候，月亮正照在他的脸上。

猫头鹰在他们头上飞过，呀呀地叫了几声，苦森吓了一跳，她这才想起，脸还露着哩，就连忙把面纱蒙上，在苦行者脚前跪下行礼。

他给她祝福，又问："你是谁呀？"

她回答说："我叫苦森。"

那天晚上他们没有说什么别的话。苦森慢慢地走回她那就在附近的家里去，可是这位苦行者却在我的台阶上坐了好几个钟头，一直坐到月亮从东边挪到西边，他的影子从他背后移到他前面，他才站起来回到庙里去。

从那时起，我每天都看见苦森在他脚前跪下行礼。他解释经典的时候，她就站在一个角落里听。早祷做完之后，他常常把她叫过去，讲些有关宗教的事给她听。她并不能全懂，可是她总是聚精会神地静听，努力学习。他要她做什么，她总是完全按照他的意思去做。她天天到庙里去帮忙，尤其是在敬神的许多事情上。她老是做得又快又好：她去采花供神，又跑到恒河去提水洗庙里的地板。

冬季又快完了。风刮起来，还是很冷，可是有时在黄昏时候，忽然意想不到地从南方微微地吹来一阵和暖的春风，天上也没有那种冷辣辣的气象了。长久的沉寂之后，又有人吹笛子了，村里又可以听到奏乐的声音了。船夫们停着桨，让船顺水漂下来，口中唱着赞美黑天的歌，现在正是这样的时令。

就在这个时候，我没有再看见苦森了。她已经有些时没有上庙里去了，也不到洗澡的地方来，也不去看那位苦行者！

紧接着发生了什么事，我不清楚，不过，又过了不久，有一天晚上他们两个人又在我的台阶上碰头了。

苦森愁容满面地问："师尊，是不是您叫我来的？"

"是呀，我为什么老看不见你了？这些日子你怎么变得这么疏懒，不好好地敬神了？"

她默默无言。

"你把你的心事都说给我听，一点不要瞒我。"

她把脸稍微偏过去，回答说："师尊，我是一个罪人，所以没有来做礼拜。"

苦行者说："苦森，我知道你心里乱得很。"

她吓了一跳,把纱丽的一头遮住脸,在苦行者脚前的台阶上坐下,哭了起来。

苦行者稍微坐开一点,说:"你把你的心事说给我听。我可以指引你,使你心里得到安宁。"

她回答他的时候,语调里依然充满了对他的信心。她不知道怎样说才好,时常停下来寻求适当的字句。"您盼咐我,我就得说出来,可是我又说不清楚,师尊,您一定已经猜着了。有一个人我把他当神一样地敬爱,我崇拜他。有了这种情感,我觉得我心里简直是充满了幸福。有一天晚上,我梦见他坐在一个花园里,左手紧紧地抓住我的右手,轻轻地和我谈情说爱,当时我一点也不觉得奇怪。梦已经过去了,可是它使得我老是着了迷似的。第二天我看见他本人,就不是梦里那种样子了。梦中那个情景不断地在我脑子里面出现。我害怕,就远远地躲开他,可是那个梦老是纠缠着我。我心里就没有踏实过——我的心情变得非常沉重。"

当她边说边擦眼泪的时候,我觉得苦行者使劲把他的右脚在我的台阶石头上面擦来擦去。

苦森说完之后,他说:"你一定要告诉我,你梦里看见的那个人是谁。"

她双手合十,求他说:"我不能说。"

他坚持说:"你一定要告诉我,他是谁。"

她使劲地扭她自己的双手说:"我非说不可吗?"

他回答说:"对了,你一定要说。"

她叫了起来:"师尊,那个人就是您!"说着,她就跪了下来,把脸贴着石阶,抽抽噎噎地哭了。

她恢复镇定以后,坐了起来。苦行者慢吞吞地说:"我今天晚上就离开这个地方,你就可以不再和我见面了。你知道我是一个苦行者。我不属于这个世界。你务必要把我忘掉。"

苦森低声回答说:"是,师尊。"

苦行者说:"我走了。"

苦森一句话也不说,向他跪下,用她的前额拂去了他脚上的尘土。

月亮落下去了,到处都变得阴沉了。我听见河里扑通一声。风在黑暗中咆哮着,好像要把天上的星星都刮掉似的。

弃 绝

一

  这是帕尔贡①季初的一个月圆之夜，早春到处吹送着满含芒果花香的微风。一只杜鹃藏在水塔边一棵老荔枝树的密叶中，它不倦的柔婉的鸣声，传进了慕克吉家一间无眠的卧室里。在这里，赫门达不停地把他妻子的一绺头发在他手指上绕着，一会儿又摆弄她手腕上的一串金钏，使它发出叮当的响声，一会儿又拉下她头上花串里的花朵，让它垂覆在她的脸上。他的心情就像一阵晚风，在心爱的花丛中嬉戏，轻轻地把她摇到这边，又摇到那边，想使她活泼起来。

  但是库松坐着不动，从开着的窗户望出去，眼神沉没到月光笼罩的无边的太空里。她对于丈夫的爱抚，仿佛毫无感觉。

  最后，赫门达握住他妻子的双手，轻轻地摇着，说："库松，你在哪儿呢？从一个大望远镜里耐心地寻找，也才看得见你是一个小黑点——你仿佛离我那么远。呵，靠近我一点，亲爱的，你看夜是多么美呵。"

  库松的眼睛从无边的太空转向她的丈夫，慢慢地说："我会念咒，在一瞬间把这春夜和明月打碎。"

  "你要是真会念咒，"赫门达笑着说，"请不要念吧。要是你会念什么咒，能在一个星期内变出三四个星期六，还能把夜晚延长到第二天早晨五点钟，那你就念吧。"

  一边说着，他想把他的妻子拉得更靠近一些。库松却从他的怀抱中挣脱开来，说："你知道吗？今天晚上我很想把我决定在临死时才说出来的一件事告诉你。今天晚上，我觉得不管你给我什么责罚，我都能忍受。"

  赫门达正在想开一个玩笑，罚她背诵一段阇耶提婆②的诗，忽然听到一阵急

---

① 印度一年分为六季，就是夏、雨、秋、冬前、冬和春。帕尔贡就是春季。
② 阇耶提婆（Jayadeva）是印度中世纪一位昆湿奴派的诗人。

促的拖鞋声很快地走近了,这是他父亲哈利赫·慕克吉的熟悉的脚步声。赫门达不知道发生了什么事,感到心慌意乱起来。

哈利赫站在门外,吼叫道:"赫门达,马上把你的妻子赶出去。"

赫门达看着他的妻子,看不出她脸上有惊讶的痕迹。她只是用一双手掌捂着脸,用她整个灵魂祈求:让她立刻化为乌有。杜鹃的鸣声仍旧随着南风飘了进来,但是没有人听到。大地的美是无穷无尽的——但是,唉,一切事物的样子多么容易改变呵。

二

赫门达从外面回来,问他的妻子:"这是真的吗?"

"是真的。"库松回答说。

"你为什么不早告诉我呢?"

"好几次我想告诉你,可是总说不出口。我是一个不幸的女人呵。"

"那么现在你把一切都告诉我吧。"

库松用坚定平稳的声音,把她的事情严肃地说出来。她仿佛是赤着脚,迈着无畏的脚步,一步步地慢慢从火焰里走过去,却没有人知道她被灼伤得多么厉害。赫门达听她说完了,就站起来,走了出去。

库松料想她丈夫走了,再也不会回来了,她并不感到惊奇。她和对待日常生活中任何其他变故一样地泰然处之——在过去的几分钟里,她的心情已经变得那么枯燥,那么淡漠。世界和爱情,自始至终似乎对她都是空洞虚幻的。连她丈夫从前对她谈情说爱的回忆,也像一把刺透了她的心的残忍的尖刀一般,只给她嘴唇上带来了枯燥、冷酷、忧郁的微笑。她想,也许是那仿佛填满人生的爱,它带来了多少爱慕和深情,它使得小别那么剧烈的痛苦,短晤那么深切的甜蜜,它似乎是无边无际的,永恒的,生生世世永远不会停息的——爱原来就是这样!它的支柱多么脆弱!一经祭司触摩,你的"永恒"的爱就化为一撮尘土了!赫门达刚才还对她低语说:"夜是多么美呵!"这一夜还没有消逝,那只杜鹃还在歌唱,南风还在吹拂着房间里的帷帐,月光还躺在打开的窗子旁边的床上,像快乐得疲倦了的美丽女神一样。这一切都是不真实的!爱情比她自己还要虚幻呵!

三

赫门达整夜失眠，疲乏得像个狂人一样，第二天早上，他到波阿利·山克尔·扣萨尔家去。波阿利·山克尔和他招呼："有什么事吗，我的孩子？"

赫门达烈火一般暴跳起来，用颤抖的声音说："你亵渎了我们的种姓。你给我们带来了毁灭。你一定会受到惩罚的。"他不能再说下去了；他觉得哽住了。

"你却保全了我的种姓，使我没有从社区里被驱逐出去，还亲昵地拍拍我的脊背！"波阿利·山克尔带着讽刺的微笑说。

赫门达恨不得用他的婆罗门的怒火，立刻把波阿利·山克尔烧成灰烬，但是他的愤怒只灼焦了自己。波阿利·山克尔安然无恙地坐在他面前，而且非常健康。

"我伤害过你吗？"赫门达结结巴巴地质问道。

"我且问你一个问题，"波阿利·山克尔说，"我的女儿——我唯一的孩子——她伤害过你父亲吗？那时你还很小，也许从来没有听到过这件事。那么你听着吧。你不要太激动了。我要说的事情还很有趣呢。

"当你很小的时候，我的女婿那布格达偷了我女儿的珠宝，逃到英国去了。你也许还会记得，五年以后，他以律师的身份回来的时候，在村子里引起的骚动。也许你没有注意到那回事，当时你正在加尔各答上学。你的父亲自命为社区的领袖，他说如果我把女儿送回她丈夫家里去，我就得永远丢弃她，永远不许她再跨进我家的门槛。我跪在你父亲的脚前，哀求他说：'大哥，饶了我这一次吧。我一定让这小子吃牛屎，举行一次赎罪的仪式。请你让他恢复他的种姓吧。'但是你父亲始终坚持着。在我这一方面，我不能丢弃我唯一的女儿，我便辞别了我的村庄和族人迁到加尔各答去。在那里，我的麻烦仍旧跟随着我。我给我的侄子做好结婚的一切准备的时候，你的父亲又挑拨女方的家人，他们就毁了这个婚约。那时我就狠狠地起了一个誓，只要我的血管里还有一滴婆罗门的血，我一定要报仇。现在你对于这件事该多少了解一点吧？但是再等一等。当我把全部事实告诉你的时候，你会爱听的；这件事很有意思。

"当你在大学里念书的时候，有一个叫比波拉达斯·查特吉的人住在你的隔壁。这个可怜的人现在已经去世了。他家里住着一个小寡妇，名叫库松，她是迦尔斯帖家的一个穷苦的孤儿。这女孩子长得很美，这位老婆罗门想把她藏匿起来，免得大学生们老是盯着她瞧。但是一个少女要蒙蔽一个老监护人却是一点也不困难的。她常跑到屋顶上去晒衣服，我相信，你发现了你的屋顶是最宜于学习的地方。你们俩是否在屋顶上谈过话，我可说不上来，但是这女孩子的行动引起了老头子心上的疑虑。她常常做错了家务，而且像婆婆帝一样，在热恋中渐渐地不吃饭也不睡觉了。有几个晚上，她在老头子面前无缘无故地流下泪来。

"他终于发现了你们俩常在屋顶上会面，你甚至不去上课，在中午也拿着一本书坐在屋顶上，而且你忽然喜欢独自一个人念书了。比波拉达斯跑来向我请教，把一切都告诉了我。'大叔，'我对他说，'你早就想到贝拿勒斯去进香。你还不如现在就去，把这女孩子交给我照管。我会照应她的。'

"这样他就走了，我把这女孩子安置在司帕提·查特吉的家里，让他冒充她的父亲。后来的事情你都知道。今天我把这件事从头到尾告诉了你，真觉得如释重负。这件事听起来不是很像一篇小说吗？我想写成一本书，把它印出来，但是我自己不是一个作家。人家说我的侄儿在这方面有些才能——我要叫他给我写出来。但最好是你跟他合作来写，因为故事的结局我还知道得不很清楚。"

赫门达不理会波阿利·山克尔最后的几句话，他问："库松没有反对过这件婚事吗？"

"嗯，"波阿利·山克尔说，"这就很难猜测了。你知道，我的孩子，女人的头脑是怎样构成的。她们嘴上说'不'的时候，心里是说'同意'。当她搬到新家的头几天，因为看不到你，几乎发了狂。你好像找到了她的新地址，在到学校去的时候，总像迷了路似的，在司帕提的门前徘徊。你的眼睛好像并没有真正在寻找省立学院，而是直瞪瞪望着一所私人住宅的关上的窗子，那是只有飞虫和害相思病的年轻人的心才进得去的。我很替你们难过。我看得出你的学习受着很大的阻碍，那女孩子的处境也很可怜。

"有一天，我把库松叫到我面前来，说：'听我说，我的女儿。我是一个老头子，你在我面前不必害羞。我知道你心里想念着谁。那个年轻人的情况也很糟。我希望能给你们成全好事。'这时库松忽然哭着跑开了。此后好几个晚上，我常到司帕提家去，把库松找来，和她谈与你有关的事情，这样我渐渐克服了她的羞怯。最后，我说我想成全这件婚事的时候，她问我：'那怎么行呢？''没关系，'

我说，'我让你冒充一个婆罗门的姑娘。'经过很久的辩论，她恳求我来探听你是否赞成这件事。'胡闹！'我回答说，'那孩子好像快要发疯了——把这一切复杂情形告诉他又有什么好处呢？先顺利地举行过婚礼，然后——只要结局好就万事大吉了。尤其是，这件事永远也不会有泄漏的危险，何必节外生枝地让一个人终身苦恼呢？'

"我不知道这计划是否已得到库松的同意。她有时哭泣，有时沉默。如果我说，'那我们就不再提了吧'她就显得很不安。事情既然到了这个地步，我就叫司帕提去向你提亲，你毫不迟疑地同意了。一切就这样决定了。

"婚期定了以后不久，库松变得那么执拗，我好不容易才把她说服过来。'算了吧，叔叔，'她常常这样对我说。'这是什么意思，你这傻孩子，'我责备她说，'一切都安排好了，现在我们怎么能不干了呢？'"

"'放出谣言说我死了吧，'她哀求道，'把我送到别的地方去。'"

"'那么，那个年轻人会遭遇到什么呢？'我说，'他现在欢喜得上了七重天，盼望他日夜梦想着的事儿明天就可以实现；可是今天你却要我告诉他说你死了？结果是明天我就势必要把他死了的消息带给你，同一天晚上，又会有人把你的死讯报告给我。孩子，你以为我这一大把年纪能做一个少女和一个婆罗门的谋杀者吗？'"

"快乐的婚礼终于在一个吉日良辰举行了，我觉得我已经卸下了自己的沉重的负担。以后的事情，你比我知道得更清楚。"

"你给我们造成不可弥补的损失，你还不肯罢手吗？"赫门达静默了一会儿后吼叫道，"现在你为什么要把这个秘密说出来呢？"

波阿利·山克尔极镇静地回答说："当我看到你妹妹的婚礼一切都安排好了的时候，我心里想：'好啦，我已经把一个婆罗门的种姓污损了，但那不过是责任感的问题。现在，另一个婆罗门的种姓又有被污损的危险，这一次我有责任来防止它。'于是我给他们写信，说我可以证明你娶了一个首陀罗的女儿。"

赫门达竭力控制住自己，说："现在我打算休弃的这个女孩子，将来会怎么样呢？你可以供给她食住吗？"

"我已经尽了我的本分，"波阿利·山克尔从容地回答说。"照管别人休弃的妻子可不是我的责任了。外面有人吗？给赫门达先生端一杯加冰的椰子汁来，还拿点槟榔。"

赫门达站起来，没有接受这丰富的款待，就告辞了。

四

在月圆之后的第五夜——那一夜是黑暗的。没有鸟叫。水塔旁边的荔枝树，看去像颜色不那么深的背景上的一道墨痕。南风像一个梦游者似的在黑暗中盲目地飘荡。天上的星星，想用不眨眼的警醒的眼光，穿透黑暗，来窥测深奥的秘密。

卧室里没有灯光。靠近打开的窗户有一张床，赫门达坐在床边，凝望着面前的黑暗。库松躺在地上，双臂抱着她丈夫的脚，把脸偎靠在上面。时间像宁静的海洋一般停住不动。在这永恒的夜的背景里，"命运"似乎画出了这唯一的一张永远有价值的画：周围是死气沉沉的，裁判者坐在中间，罪人伏在他的脚边。

拖鞋声又响了。哈利赫·慕克吉走近门边，说："时间已经够长了，——我不能再等了。把这女孩子赶出去吧。"

库松听到这些话的时候，她用毕生的热情，抱住她丈夫的脚，不住地吻着，又恭敬地用她的前额触了一下他的脚，然后走出去了。

赫门达站起来，走到门边，说："父亲，我不愿意休弃我的妻子。"

"什么？"哈利赫吼叫着，"你愿意放弃你的种姓吗，先生？"

"我不在乎种姓，"这是赫门达的沉着的回答。

"那么我连你也赶出去。"

一 夜

　　我和苏尔芭拉一块上小学，一块玩耍。每当我去她家里的时候，她母亲对我特别好，又总是把我们俩相提并论，常常赞叹道："啊！这两个孩子多么般配呀！"

　　虽然我年龄还小，但是我能理解这话的含意，对于苏尔芭拉，我比别人更拥有一种特殊的权利。这种念头在我的思想中已经深深扎了根。由于我陶醉在这种权利之中，所以我就不能不对她常常发号施令，做出一些粗暴的举动。而她却总是耐心地去执行我的各种指令，承受我对她的惩罚。村里人都夸她长得娇美，但是她的娇美在一个野蛮的男孩子眼中是没有价值的——我只知道，苏尔芭拉是为了承认我这个主人的地位才降生在她父母的家里。因此，她就成为我特别蔑视的对象。

　　我父亲是地主乔杜里的大管家。他希望我长大后跟他学习管理地主账房的本领，以便将来我也能找到管家的差事，但是我心里却很不愿意。我们村里的尼尔罗东跑到加尔各答去学习，后来当上了一名税务监察官。我的一生奋斗目标，也要像他那样——即使不能成为税务监察官，至少也要做一名法院首席书记员，我就这样默默地下定了决心。

　　我经常发现，我父亲对于法院的上述工作人员是非常景仰的——我从孩提时代起就看到，父亲以种种借口，经常带着鱼、菜、钱去孝敬他们；因此，法院的小职员，乃至通信员都在我心目中占有十分显赫的地位。他们就是我们孟加拉邦的崇拜之神，他们是三亿三千万人的一种新的小小的追求。为了获得物质利益，人们在内心里对他们的指望要比对财神贡耐沙本身还要大；从前用于敬奉贡耐沙的资金，现在都落在他们的手里。

　　我深受尼尔罗东这个榜样的鼓舞，抓住一个机会，也跑到了加尔各答。起初，我住在同村的一个熟人那里。后来，我开始得到父亲的一些接济，学习也走上了正轨。

　　此外，我还加入了一个协会。为了祖国而牺牲自己的生命是很值得的，对此

我毫不怀疑。但是，我不知道怎样才能实现上述夙愿，而且也没有任何人为我做出榜样。不过，谈论起这种事情来，倒是不乏热情的。我们是来自农村的孩子，不像加尔各答那些早熟的孩子们那样，学会了讥笑一切事务；相反，我们的信念是很坚定的。我们协会的领导者们经常发表演说，而我们都饿着肚子，中午在炽热的阳光熏烤下，挨家挨户地去征集签名，乞求施舍，在大街上散发传单，布置会场，安排桌椅；要是有谁说一句损害协会领导者声誉的话，我们就会同他厮打起来。城里的年轻人看到我们的这种表现，就称呼我们是东孟加拉土包子。

我来加尔各答的目的，是想成为一名法官，可是现在却充当了运动的陪衬。

就在这个时候，我的父亲和苏尔芭拉的父亲都一致主张为我们俩筹办婚事。

我 15 岁时跑到了加尔各答，当时苏尔芭拉才 8 岁；现在我已经 18 岁了。我父亲认为，我已经超过了结婚的年龄。但是对此问题我在心里发誓说："我一辈子都不结婚，我要把自己的一生献给祖国。"不过，我对父亲却说，不完成学业，我不能结婚。

两三个月之后我获悉：苏尔芭拉和律师拉姆洛琼先生结了婚。当时我正为贫困的印度征集捐款，所以就觉得这个消息是件微不足道的小事。

我已考入大学，正准备第一次文科考试的时候，我父亲去世了。在家里不只我一个人，还有我的母亲和两个妹妹。因此，我必须离开学校，回去找工作。经过种种努力，终于在诺瓦卡利地区一个小镇的小学校里谋到第二教师的职位。

我满以为，我找到了一个适合我的工作。我要通过教育和鼓励把每一个学生培养成为未来印度的军事将领。

我开始工作之后才发现，应付所面临的考试要比考虑印度未来前途紧迫得多。除了语法和代数再向学生们讲授其他别的东西，校长会生气的。不到两个月，我的热情也开始消失了。

像我这样的平庸之辈，坐在家里常常想入非非，可是一旦走上工作岗位之后，肩上套上枷板，背后承受鞭打，日复一日地埋头拉犁耕耘，晚上只要能吃饱肚子，也就心满意足了，再也没有那种青春勃勃的热情了。

为了预防火灾，要有一位教师住在学校里值班。我孤身一人，这项任务自然落到了我的肩上。我就住在与学校大礼堂相连的一所房子里。

我们学校的校舍位于一个大池塘的岸边，距离民房不太远。四周生长着槟榔树、椰子树和木棉树，而紧靠着校舍有两株高大的古老尼姆树，两株树的树冠已经连成一片，形成了树荫。

有一件事，至今我都没提起过，而且到现在我都认为没必要提起。当地政府的律师拉姆洛琼·拉易的住宅离我们学校不太远。我知道，他和妻子——我童年的女友苏尔芭拉住在一起。

我认识拉姆洛琼先生。我不知道，他是否晓得我在童年曾经同苏尔芭拉一起上过学，我还觉得，重新见面时再提及此事是不合适的。况且，对于苏尔芭拉在一个时期同我的生活有过某种联系这件事，我已经淡漠了。

假期里的一天，我前往拉姆洛琼先生家去拜会他。我已经不记得当时我们谈了些什么问题，大概，讨论了当前印度的困难情况。不能说拉姆洛琼先生对此问题特别忧虑和热心，但他还是一边吸烟，一边滔滔不绝地谈论这个题目，达一个半小时之久。

就在这时候，我听到从隔壁房间传来柔和悦耳的手镯丁零声、衣裙的窸窣声和轻轻的脚步声。我明白了，大概，透过窗户的缝隙一双好奇的眼睛正在望着我。

我立即回忆起那双眼睛——充满信赖、坦诚和童贞之爱的那双炯炯有神的大眼睛，黑黑的眼珠，浓浓的睫毛，刚毅而温柔的眼神。我突然觉得，仿佛有人用一只坚硬的巨掌压在我的心口，顿时感到心里一阵剧烈疼痛。

我回到了住处，但是这种疼痛感并没有消逝。不论读书还是写字，不论做什么，我都无法驱除内心里的这种压抑感；思绪仿佛变成一个巨大的重物，在我胸口的血管上滚压起来。

到了晚上，稍微平静了一点儿。我开始思索起来，为什么会出现这种感觉呢？我内心质问道："你那位苏尔芭拉到哪儿去了？"

我反驳道："我是自愿离开她的呀。难道她能等我一辈子吗？"

在我的内心里有人说道："现在即使你磕破了头，也再没有权利看一眼当时你想得到的人了。尽管童年时代的苏尔芭拉和你那样亲近，可是现在你只能听到她的手镯声，闻到她发油的芳香，一堵墙把你们俩人永远分开了。"

我说道："不要说了，苏尔芭拉算是我的什么人？"

我又听到了内心的回答："今天苏尔芭拉同你已经没有关系了，可是苏尔芭拉难道就不可能成为你的人吗？"

这话讲得对呀。苏尔芭拉难道就不可能成为我的人吗？她是我最贴心的人，是我最亲近的人。她本来可以成为分享我生活一切苦乐的伴侣，可是，如今她却离我那么遥远，简直成了一个陌生人啦。今天，已不允许我去会见她，甚至同她说说话也是一种过失，思念她更被视为一种罪过。还有，不知从什么地方突然冒出来一个拉姆洛琼，他凭借着念诵几句咒语，猛扑过来，一瞬间就把苏尔芭拉给夺走了。

我不打算在人类社会中推行一种新的道德，也不想摧毁现存的社会，扯断现有的联系。我只想诉说我内心中的真实感受。可是，内心里所产生的一切感受又怎么能说得清呢？苏尔芭拉虽然住在拉姆洛琼的家里，但是我对于她较之拉姆洛琼拥有更多的权利——我无法打消这种念头。我承认，这种想法是极不对头的，也是毫无道理的，可是却也不是违背情理的。

从那以后，我无论做什么，都不能集中精力。中午，学生们在教室里大声喧哗，但外面的一切却显得十分宁静，熏风习习，吹送着尼姆树的花香，这时候我心里萌发了一种愿望——我不知道这是一种什么愿望——但是我现在可以说明：我不想就这样度过自己的一生：整天为这些前途无量的未来印度的活动家们修改语法错误。

学校放假了，我一个人留在一所大房子里，感到心情很不平静。即使有人来访，我也不想接待。晚上，我一边听着池塘岸边槟榔树和椰子树枝叶发出的毫无意义的沙沙絮语，一边想，人类社会就是一张错综复杂的谬误之网。人们往往不想在一定的时间内去完成一项确定的事务，可是后来时过境迁，却又怀着一种非分之想而痛苦不堪。

像我这样的人，如果同苏尔芭拉结婚，本来可以幸福地生活，直至白头偕老；也许我会成为一个大人物，可是到头来却当上了一名乡村小学教师！而拉姆洛琼·拉易则是一名律师，他成为苏尔芭拉的丈夫是没有任何必然的理由的；直到结婚前夕，不论苏尔芭拉还是婆博松克，对他来说都一样，他会不假思索地同其中任何一个姑娘结婚。他作为政府聘请的律师，每天可以拿到五个卢比。每当他闻到牛奶烧焦的气味时，他就会责骂苏尔芭拉，可是当他心情好的时候，他就会为苏尔芭拉定做首饰。身体肥胖的拉姆洛琼总是穿一件长衫。他没有任何不顺心的事。当然，他也不会坐在池塘岸边，望着天上的星星，消磨晚上的时光。

拉姆洛琼为一个大案子到外地出差去了。我想,苏尔芭拉独自一人待在家里,就像我一个人留住在学校里一样。

我记得,那一天是星期一。从早晨起天空就布满了乌云。从10点钟开始,淅淅沥沥下起雨来。校长看了一下天色,就给学生们放了假。大块大块的乌云,漫天翻腾滚动,仿佛前去参加一次盛大聚会似的。次日下午,开始下起了瓢泼大雨,并且伴随着狂风。夜越来越深了,暴雨狂风也越来越大。起初,刮的是东风,随后逐渐刮起了北风和东北风。

这一夜,企图入睡是徒劳的。我心里想到了苏尔芭拉,在这种恶劣的天气她一个人待在家里。我们学校的房子要比她家的房子坚固。我几次想把她接到学校里来,而我自己可以到池塘岸上去过夜。但是我始终下不了决心。

大约夜里一点半的时候,突然传来了洪水的咆哮声——河水决堤了。我走出校舍,匆匆向苏尔芭拉的家里奔去。我还没有到达池塘的岸边,路上的大水已经没过了我的膝盖。我刚刚登上池塘岸边的一处高地,洪水的峰头第二次涌了过来。

我们池塘岸边的这一块高地高出地面十来尺。当我登上这个高地的时候,有一个人从另一个方向也上来了。我的整个身心都意识到了这个人是谁,而且我毫不怀疑,她也认出了我。

周围到处都是洪水,只有在这块五六尺长的孤岛上伫立着我们这两个生灵。

当时好像到了世界末日,天上的星星不见了,地上的一切灯火也熄灭了。当时如果说说话,也没有什么关系,但是我们俩人一句话也没有说,甚至都没向对方问候一句。

我们两个人只是站在那里,望着漆黑的方向。在我们的脚下,深邃昏黑的带来死亡的激流简直像疯了一样,怒吼着急驰而过。

今天,苏尔芭拉离开了整个世界,来到我的身边。今天,在苏尔芭拉身边除了我再没有什么人了。从前,那个童年时代的苏尔芭拉从另一个世界——从一个古老神秘的黑暗世界飘落在充满阳光月华和芸芸众生的这个世界,就住在离我很近的隔壁;而今夜,在过了许多日月之后,苏尔芭拉离开那个充满阳光月华和芸芸众生的世界,在这个可怕的毁灭性的无人的黑夜,独自一人来到我的身边。生之激流把一株含苞待放的清新花蕾送到我的身边,而死之激流却把一株盛开的鲜花送到我的面前——现在只要再涌来一排巨浪,我们两个人就会从大地的边缘和分离的圣杆上跌落下去，融为一体。

但愿这排巨浪不要来。就让苏尔芭拉同她的丈夫及儿女永远幸福地生活吧。这一夜，我站在世界伟大末日的岸边，品尝到了无限的欢乐。

夜即将过去，风暴停了，洪水退了。苏尔芭拉一句话也没说，向自己家里走去，我也没说一句话，向自己的住处走去。

我想，我既不是监察官，也不是管家，更不是首席书记员，我只是一所破旧小学的第二教师。在我今生今世的生活中，只有那一个漫漫黑夜的一个短暂的时间——在我所度过的所有日日夜夜中，只有那一个夜晚是我渺小人生中唯一最富有意义的。

孟历1299年杰斯塔月　1892年

喀布尔人

我的五岁的女儿敏妮,没有一天不叽叽咕咕地说个不停。我真相信她这一生没有一分钟是在沉默中度过的。她母亲时常为此生气,总是拦住她的话头,可是我就不这样做。看到敏妮沉默是很不自然的,她倘若半天不说话,我就不能忍受。因此我和她的谈话一直是很热闹的。

比方说,一天上午,我正在写我的新小说第十七章的时候,我的小敏妮溜进房间里来,把小手放在我的手心里,说:"爸爸!看门的拉蒙达雅,管乌鸦叫'五鸦'。他什么都不懂,对不对?"

我还没有来得及向她解释世界上的语言是不同的,她已经转到另一个话题的高潮。"您猜怎么着,爸爸?普拉说云里有一只象,从鼻子里喷出水来,天就下雨了!"

当我静坐在那儿思索着怎样来回答她最后的问题的时候,她忽然又提出了一个新问题:"爸爸!妈妈跟您是什么关系呢?"

我不知不觉地低声自语着:"她在法律上是我的亲爱的妹妹!"但是我绷起脸来敷衍她道:"去跟普拉玩去吧,敏妮!我正忙着呢!"

我屋子的窗户是临街的。这孩子就在我书桌旁,靠近我脚边坐下来,用手轻轻地敲着自己的膝盖玩。我正在专心地写我小说的第十七章。小说中的主人公普拉达·辛格,刚刚把女主人公康昌拉抱住,正要带着她从城堡的三层楼窗子里逃出去,忽然间敏妮不玩了,跑到窗前,喊道:"一个喀布尔人!一个喀布尔人!"下面街上果然有一个喀布尔人,正在慢慢地走过,他穿着宽大的污秽的喀布尔族服装,裹着高高的头巾;背着一个口袋,手里拿着几盒葡萄干。

我不知道我女儿看到这个人有什么感想,但是她开始大声地叫他。"哎!"我想,"他要进来了,我这第十七章永远写不完了!"就在这时候,那个喀布尔人回过身来,抬头看这孩子。她看到这光景,却吓住了,赶紧跑到妈妈那里去躲起来了。她糊里糊涂地认为这大个子背着的口袋里也许有两三个和她一样的孩子。这时那小贩已经走进门里,微笑着和我招呼。

我书里的男女主人公的情况是那样的紧急,当时我想既然已经把他叫进来了,我就停下来买一点东西。我买了点东西,开始和他谈到阿卜都·拉曼①、俄国人、英国人和边疆政策。

他要走的时候,问道:"先生,那个小姑娘在哪儿呢?"

我想到敏妮不应当有这种无谓的恐惧,就叫人把她带出来。

她站在我的椅子旁边,望着这个喀布尔人和他的口袋。他递给她一些干果和葡萄干,但是她没有动心,只是更紧紧地靠近我,她的疑惧反而增加了。

这是他们第一次会面。

可是,没过几天,有一个早晨,我正要出门,出乎意外地发现敏妮坐在门口长凳上,和那个坐在她脚边的大个儿喀布尔人,又说又笑。我这小女儿,一生中除了她父亲以外,似乎从来没遇见过这么一个耐心地听她说话的人。她的小纱丽的角上已经塞满了杏仁和葡萄干——她的客人送给她的礼物。"你为什么给她这么多东西呢?"我说,一面拿出一个八安那的银角子来,递给了他。这人不在意地接了过去,丢进他的口袋里。

糟糕得很,一个钟头以后我回来时,发现那个不祥的银角子引起了比它的价值多一倍的麻烦!因为这喀布尔人把银角子给了敏妮,她母亲看到这亮晶晶的小圆东西,就不住地追问:"这个八安那的小角子,你从哪里弄来的?"

"喀布尔人给我的。"敏妮高兴地说。

"喀布尔人给你的!"她母亲吓得叫起来,"呵,敏妮!你怎么能拿他的钱呢?"

我正在这时候走进了门,把她从危急的灾难中救了出来,我自己就对她进行盘问。

我发现这两个人会面不止一两次了。喀布尔人用干果和葡萄干这种有力的贿赂,把这孩子当初的恐怖克服了,现在这两人已成了很好的朋友。

他们常说些好玩的笑话,给他们增加许多乐趣。敏妮满脸含笑地坐在喀布尔人的面前,小大人似的低头看着大高个儿:"呵,喀布尔人!喀布尔人!你口袋里装的是什么?"

他就用山民的鼻音回答说:"一只象!"也许这并不可笑;但是这两个人多么欣赏这句俏皮话!依我看来,这种小孩和大人的对话里面,带有一些非常引人入胜的东西。

---

① 19世纪末叶阿富汗的国王。

这喀布尔人也不放过开玩笑的机会,便反问道:"那么,小人儿,你什么时候到你公公家去呢?"

孟加拉国的小姑娘,多半早就听说过公公家这一回事了,但是我们有点新派作风,没有让孩子知道这些事情,敏妮对于这个问题一定有点莫名其妙,但是她不肯显露出来,却机灵地回答道:"你到那里去吗?"

可是在喀布尔人这一阶层中间,谁都知道,"公公家"这几个字有一个双关的意思。那就是"监狱"的雅称,一个不用自己花钱而照应得很周到的地方。这粗鲁的小贩以为我女儿是指这个说的。"呵,"他就向幻想中的警察挥舞着拳头说,"我要揍我的公公!"听到他这样说,想象到那个狼狈不堪的"公公",敏妮就哈哈大笑起来,她那了不起的大个子朋友也跟她一起笑着。

那些日子是秋天的早晨,正是古代的帝王出去东征西讨的季节;我却在加尔各答我的小角落里,从来也不走动,而让我的心灵在世界上漫游。一听到别的国家的名字,我的心就飞往那边去,在街上一看到一个外国人,我的脑子里就要织起梦想的网,——他那遥远的家乡的山岭啦、溪谷啦、森林啦,布景里还有他的茅舍和那些远方山野的人们自由独立的生活。也许因为我过的是植物一般固定的生活,叫我去旅行,就等于当头一个霹雳,所以在我眼前幻现的漫游景象,加倍生动地在我的想象中重复地掠过。看到这个喀布尔人,我立刻神游于光秃秃的山峰之下,在高耸的山岭间,有许多窄小的山径蜿蜒出入。我似乎看见那连绵不断的、驮着货物的骆驼,一队队裹着头巾的商人,有的带着古怪的武器,有的带着长矛,从山上向着平原走来。我似乎看见——但是正在这时,敏妮的母亲就要来打扰,她央求我"留心那个人"。

敏妮的母亲偏偏是个极胆小的女人。只要她一听见街上有什么声音,或是看见有人向我们的房子走来,她就立刻断定他们不外乎是盗贼、醉汉、毒蛇、老虎、疟疾菌、蟑螂、毛虫,或是英国的水手。即使有了多年的经验,她还不能消除她的恐怖。因此她对于这个喀布尔人充满了疑虑,常常叫我注意他的行动。我总是笑一笑,想把她的恐惧慢慢地去掉,但是她仍会很严肃地向我提一些严重的问题。

小孩从来没有被拐走过吗?

那么,在喀布尔不是真的有奴隶制度吗?

如果说这个大汉把一个小娃娃抱走,会是荒唐无稽的事情吗?

我辩解说,这虽然不是不可能,但多半是不会发生的。可是这解释还不够,她的恐怖始终存在着。因为这样的事没有根据,那么不让这个人到我们家里来似乎是不对的，所以他们的亲密友谊就不受约束地继续着。

每年一月中旬，拉曼，这个喀布尔人，总要回国去一趟，快动身的时候，他总是忙着挨家挨户去收欠款。今年，他却能每天匀出工夫来看敏妮。旁人也许以为他们两人有什么密约，因为他若是早晨不来，晚上总要来一趟。

有时在黑暗的屋角，忽然发现这个高大的、穿着宽大的衣服背着大口袋的人连我也不免吓一跳，但是当敏妮笑着跑进来，叫着"呵，喀布尔人！喀布尔人"的时候，年纪相差得这么远的两个朋友，就沉浸在他们的往日的笑声和玩笑里，我也就觉得放心了。

在他决定动身的前几天，有一天早晨，我正在书房里看校样。天气很凉。阳光从窗外射到我的脚上，微微的温暖使人非常舒服。差不多八点钟了，忽然我听见街上有吵嚷的声音，往外一看，是拉曼被两个警察架住带走了，后面跟着一群看热闹的孩子。喀布尔人的衣服上有些血迹，一个警察手里拿着一把刀。我赶紧跑出去，拦住他们，问这是怎么回事。众口纷纷之中，我打听到有一个街坊欠了这小贩一条软浦① 围巾的钱，但是他不承认他买过这件东西，在争吵之中，拉曼把他刺伤了。在盛怒之下，这犯人正乱骂他的仇人，忽然间，在我房子的凉台上，我的小敏妮出现了，照样地喊着："呵，喀布尔人！喀布尔人！"拉曼回头看她的时候，脸上露出了笑容。今天他胳臂底下没有夹着口袋，所以她不能和他谈到关于那只象的问题。她立刻就问到第二个问题："你到公公家里去吗？"拉曼笑了说："我正是要到那儿去，小人儿！"看到他的回答没有使孩子发笑，他举起被铐住了的一双手。"呵，"他说，"要不然我就揍那个老公公了，可惜我的手被铐住了！"

因为蓄意谋杀，拉曼被判了几年的徒刑。

时间一天一天地过去，他渐渐被人忘却了。我们仍在原来的地方做原来的事情，我们很少或是从来没有想到那个曾经是自由的山民正在监狱里消磨时光。说起来真不好意思，连我的快活的敏妮，也把她的老朋友忘了。她的生活里又有了新的伙伴。她长大了，她和女孩子们在一起的时间更多了。她总是和她们在一起，甚至不像往常那样到她爸爸的房间里来了。我几乎很少和她攀谈。

一年一年过去。又是一个秋天，我们把敏妮的婚礼筹备好了。婚礼定在杜尔伽大祭节举行。在杜尔伽回到凯拉斯去的时候，我们家里的光明也要到她丈夫的

---

① 离德单不远的一个印度城市。

家里去,把她父亲的家丢到阴影里。

早晨是晴朗的。雨后的空气给人一种清新的感觉,阳光就像纯金一般灿烂,连加尔各答小巷里肮脏的砖墙,都被映照得发出美丽的光辉。打一清早,喜事的喇叭就吹奏起来,每一个节拍都使我心跳。拍拉卑①的悲调仿佛在加深着我别离在即的痛苦。我的敏妮今晚就要出嫁了。

从清早起,房子里就充满了嘈杂和忙乱。院子里,要用竹竿把布篷撑起来;每一间屋子和走廊里要挂上叮叮当当的吊灯。真是没完没了的忙乱和热闹。我正坐在书房里查看账目,有一个人进来了,恭敬地行过礼,站在我面前。原来是拉曼,那个喀布尔人。起先我没认出他。他没有带着口袋,没有了长头发,也失去了他从前的那种生气。但是他微笑着,我又认出他来。

"你什么时候来的,拉曼?"我问他。

"昨天晚上,"他说,"我从监狱里放出来了。"

这些话听起来很刺耳。我从来没有跟伤害过自己的同伴的人说过话,我一想到这里,我的心瑟缩不安了,我觉得碰巧他今天来,这不是个好的预兆。

"这儿正在办喜事,"我说,"我正忙着。你能不能过几天再来呢?"

他立刻转身往外走,但是走到门口,他迟疑了一会说:"我可不可以看看那小人儿呢,先生,只一会儿工夫?"他相信敏妮还是像从前那个样子。他以为她会像往常那样向他跑来,叫着:"呵,喀布尔人!喀布尔人!"他又想象他们会和往日一样地在一起说笑。事实上,为着纪念过去的日子,他带来了一点杏仁、葡萄干和葡萄,好好地用纸包着,这些东西是他从一个老乡那里弄来的,因为他自己的一点点本钱已经用光了。

我又说:"家里正在办喜事,今天你什么人也见不到。"

这个人的脸上露出失望的神色。他不满意地看了我一会,说声"再见",就走出去了。

我觉得有点抱歉,正想叫住他,发现他已自动转身回来了。他走近我跟前,递过他的礼物,说:"先生,我带了这点东西来,送给那小人儿。您可以替我交给她吗?"

我把它接过来,正要给他钱,但是他抓住我的手说:"您是很仁慈的,先生!永远记着我。但不要给我钱!——您有一个小姑娘;在我家里我也有一个像她那

---

① 一种印度音乐曲调名。

么大的小姑娘。我想到她,就带点果子给您的孩子——不是想赚钱的。"

说到这里,他伸手到他宽大的长袍里,掏出一张又小又脏的纸来。他很小心地打开这张纸,在我桌上用双手把它抹平了。上面有一个小小的手印。不是一张相片,也不是一幅画像。这个墨迹模糊的手印平平地捺在纸上。当他每年到加尔各答街上卖货的时候,他自己的小女儿的这个印迹总在他的心上。

眼泪涌到我的眼眶里。我忘了他是一个穷苦的喀布尔小贩,而我是——,但是,不对,我又哪儿比他强呢?他也是一个父亲呵。

在那遥远的山舍里的他的小帕拔蒂的手印,使我想起了我自己的小敏妮。

我立刻把敏妮从内室里叫出来。别人多方阻挠,我都不肯听。敏妮出来了,她穿着结婚的红绸衣服,额上点着檀香膏,打扮成一个小新娘的样子,含羞地站在我面前。

看着这景象,喀布尔人显出有点惊讶的样子。他不能重温他们过去的友谊了。最后他微笑着说:"小人儿,你要到你公公家里去吗?"

但是敏妮现在懂得"公公"这个词的意思了,她不能像从前那样地回答他。听到他这样一问,她脸红了,站在他面前,把她新娘般的脸低了下去。

我想起这喀布尔人和我的敏妮第一次会面的那一天,我感到难过。她走了以后,拉曼长长地吁了一口气,就在地上坐下来。他突然想到在这悠长的岁月里,他的女儿一定也长大了,他必须重新和她做朋友。他再看见她的时候,她一定也和从前不一样了。而且,在这八年之中,她怎么可能不发生什么变故呢?

婚礼的喇叭吹起来了,温煦的秋阳倾泻在我们周围。拉曼坐在这加尔各答的小巷里,却冥想着阿富汗的光秃秃的群山。

我拿出一张钞票来,给了他,说:"回到你的家乡,你自己的女儿那里去吧,拉曼,愿你们重逢的快乐给我的孩子带来幸运!"

因为送了这份礼,在婚礼的排场上我必须节省一些。我不能用我原来想用的电灯,也不能请军乐队,家里的女眷们感到很失望。但是我觉得这婚筵格外有光彩,因为我想到,在那遥远的地方,有一个久出不归的父亲和他的独生女儿重逢了。

1892 年

一个古老的小故事

又要我讲故事？不，我再也讲不了啦。我实在是疲惫不堪，才思枯竭。请允许我休息片刻吧！

很难说，到底是谁使我处于这种尴尬境地的。我真不明白，你们为什么总是这样三五成群地围着我，激励和期待我。可能是出于你们的天性，也可能是你们对我突然产生了偏爱，而且想方设法地保持这种青睐。

可是，人们无声地、含混不清地交给我的工作，我是难以胜任的。至于能力问题，我既不妄自菲薄，也不恃才自傲。这是因为上苍把我塑造成不通人性的生灵。没有赋予我适应人们赞扬和夸奖的气质。上苍的信条是：如果你想洁身自好，那就生活在杳无人烟的地方吧！我的心灵，也总是渴求找到一个人迹罕至的世外桃源。然而，不知是命运有意地捉弄，还是无意地安排，偏偏把我抛到这摩肩接踵的人类社会里来了。现在，上苍在掩面嬉笑。我也想嘲笑它一番，可是办不到。

我并不认为，逃跑是可取的办法。在军队中，常有许多这样的人：他们其实是热爱和平反对战争的。但是，不论是自己糊涂，还是别人诱惑，一旦当了兵，来到战场，妄想临阵脱逃，总是很不光彩。命运之神对人的安排，并非都是深思熟虑，完美无缺的。可一旦它作出了决定，人的职责就是服从。

倘若你们想到我这里来，那就来吧！但要尊重我，如果不想来听，你们再自恃清高，唯我独尊也为时不晚。人世间，这种情况是司空见惯的。因此，一个"普通的"不太高尚而又调皮的国王，其随从也不会完全信赖他的，当然，过分注重荣辱，那也会一事无成。只有抛弃欲念去工作，才会得到赞誉。

如果你们想听我讲故事，那就来吧！我总会讲点什么的。什么劳累呀，灵感呀，我才不去管它呢！

今天，我想起了一个古老的小故事。虽然并不十分精彩，但我想你们会耐心地听我讲完的。

从前，有一条大河，河边生长着一片茂密的树林，在树林里和河岸边，住着一只啄木鸟和一只田鹬。那时，大地虫蛹丰盛，它俩根本不知什么是饥馑，总是吃得饱饱的，长得脑满肠肥。它们颂扬着大地的恩赐，在养育者身上游来荡去。

随着时光的流逝，大地上的虫蛹越来越稀少了。

这时，住在河边的田鹬对栖息在树上的啄木鸟说："啄木鸟兄弟，世上许多人都认为这块土地年轻肥沃，妖娆多姿，但是，我看它倒是衰老贫瘠，不堪入目。"

"田鹬兄弟，"啄木鸟附和道，"好多人认为，这树林生机勃勃，优美动人。但在我看来，它是死气沉沉，徒有其表。"

于是，它俩决定一起来证实自己的看法。田鹬跳到河边，用嘴啄那柔软的污泥，以证明大地是如何的老朽。啄木鸟用嘴不断地啄那坚硬的树干，试图宣扬树林的极度空虚。

这两只顽固的鸟儿，对歌唱艺术天生的一窍不通。因而，当杜鹃一次又一次地预报大地即将春暖花开，当云雀反复赞颂树林晨曦复苏的时候，这两只饥饿的哑鸟，仍然满腹牢骚地坚持自己的见解，无休止地埋怨着。

你们喜欢这个故事吗？也可能无所谓喜欢不喜欢。不过，这个故事的最大长处就是言简意赅。

也许你们并不认为这是一个古老的故事。因为事实上，它既是最古老的，又是永远常新的。很久很久以来，忘恩负义的啄木鸟，就对大地坚定不移的高尚品质，唠叨抱怨不已。田鹬对大地丰盛富饶的温柔美德，也喋喋不休地指责。直到今天，它们还在没完没了地埋怨哩！

你们可能会问，故事中有什么可悲和可喜的事情吗？有的！既有可悲的，也有可喜的！可悲的是，尽管大地如此慷慨，树林如此广阔，但那渺小的嘴巴，一旦找不到可口的食物，就会开始恶毒地中伤诽谤。可喜的是，尽管经历了亿万年，大地依然年轻，树林仍然茂盛。如果有谁死亡的话，一定是两只心怀嫉妒的不幸小鸟，而世界上谁也不会再想起它们。

你们现在明白这个故事的中心意思了吗？其实，它并不难理解！或许你们年龄再大一点就会懂得的。

难道这一切与你们毫无关系吗？

不！这是毋庸置疑的。

1893 年 8 月

法 官

一

  青春已逝的基罗达，几经波折，终于又找到一个养活她的男人。可是，这个男人却像扔掉一件破衣烂衫一样，又把她抛弃了。当时，为了混口饭吃，她才不得不找个新的庇护者。然而，屈辱和痛苦，深深地铭刻在她的心头。

  随着青春的消逝，人生会出现一个像金灿灿秋天一样的深刻平静、坚定美妙的时刻。这是收获生命果实的年龄，也是收获成熟庄稼的季节。到了这个年龄，任性青年所具有的春心荡漾，已经失去了活力，通常都成家立业了。生活中所经历的许许多多吉凶善恶，欢乐忧愁，使人更加成熟，将人磨炼得性格内向。人到中年，会放弃对虚幻世界的不切实际的欲望，而是把它局限在自己力所能及的范围之内。这时候，我们再也没有吸引新欢的迷人目光，然而，对于老熟人，却倍感亲切。青春丽质渐渐消退时，永不衰老的内在个性却在长期共存的脸上、眼睛里，更加明显地表露出来。笑容、眼神和声调，和内在的我交织在一起。我们放弃那些无法实现的愿望，不再哀悼那些离开我们的人们，原谅那些欺骗过我们的人。把心交给那些来到身边的，而且热爱我们的人——他们在离别中，经历了世界上一切风暴的洗礼，却仍然忠于我们。在可以信赖的，久经考验的老熟人之中，筑个安乐窝。在这里，我们能得到充分的休息，一切愿望也都能得到满足。青春即逝的温柔黄昏，正是生活中该平静享受的时刻。倘若这时候还要疲于奔命，去作新的探索，去求新的结识，去徒劳无益地建立新的关系，以及另作打算的话，那确实是太可悲了。也就是说，到了中年，一个人还没有可供休息的床铺，没有迎接他归来的夜间灯火，世界上再也没有比这更可叹息的事情了。

  基罗达的青春妙龄即将结束。一天早晨，她起床后发现，情夫已在夜里逃之夭夭，并把她所有的首饰和金钱席卷一空。她既没有钱付房租，也没有钱为3岁的儿子买牛奶。她终于意识到，自己已经38岁了。然而却还没有一个贴心人，没有一个有权在其角落生活和死去的家。她突然醒悟了，今天，她又得擦去眼泪，描上眼圈，抹上口红，涂上胭脂；用虚假的色泽，去掩盖那凋零的青春；以极大的耐心，强作笑颜，施展新的手腕，去捕捉新的人心。她一想到这个，便再也控制不住自己了。基罗达关上房门，倒在地上，一再用头磕那坚硬的地板。整整一天，她就这样不吃不喝，奄奄一息地瘫痪在地上。黄昏来临了，在这没有灯光的屋子里，夜色更浓。这时，忽然来了一个她旧日的相好，一边"基罗""基罗"地叫着，一边用力敲门。基罗达手拿扫帚，像母老虎一样吼叫着，从房里冲出来。那年轻的好色之徒，见势不妙，赶忙夺路而逃。

她的孩子饿得嗷嗷叫，哭着、哭着就滚到床下睡着了。这阵吵闹声把他惊醒。他在黑暗中，用嘶哑的声音"妈妈""妈妈"地哭叫着。

基罗达用尽全身力气，抱起哭泣的孩子，闪电般地跑到附近的水井边，纵身跳了下去。

邻居们听到响声，提着灯，来到井边。基罗达和她的孩子，被迅速捞上来了。基罗达昏迷不醒，孩子则断了气。

基罗达被送到医院后，逐渐恢复了健康。法官以谋杀罪传她到法院受审。

二

莫希特莫亨·多托是一个按章办事、循规蹈矩的法官。他重判基罗达绞刑。律师们考虑到被判死刑女人的种种情况，尽了很大的努力来挽救她，但毫无成效。法官认为，她根本不值得怜悯和宽恕。

法官的这种看法，是有其原因的。一方面，他把所有印度教妇女称做女神；另一方面，他内心又不信任任何妇女。他的观点是，女人总是想破坏家庭的。只要稍一放松约束，上层阶级的妇女，就不会仍旧留在她那社会的笼子里。

他持这种信念，也是事出有因的。要了解这一点，就不得不谈谈莫希特年轻时候的一段经历。

莫希特在大学二年级念书的时候，他的衣着外貌和风度举止，与现在相比判若两人。现在，莫希特前顶已经秃了，但后脑勺却像虔诚的印度教徒一样，留着一小撮神圣的头发。每天早晨用锋利的刮脸刀，把胡须刮得干干净净。但是，当年他是戴着金边眼镜，留着修剪过的胡须和英国老爷式的发型，是个19世纪孟加拉国时髦的公子哥儿。他特别注意衣着打扮，对酒肉之类也颇喜爱。此外，他还有一两种其他癖好。

离莫希特房子不远，住着一户小康人家。这家有一个寡居的女儿，名叫赫姆莎西。她很年轻，还不到15岁。

从海上看来，墨绿色森林笼罩的岸边，像仙境一样的可爱和美丽。然而一上了岸，就觉得不那么迷人了。从赫姆莎西与世隔绝的孀居生活看来，那遥远的现实世界，仿佛是海岸上欢乐神奇的森林。她不知道，这个世界像工厂机器那样极其复杂，如钢铁那样坚硬。人世中，欢乐与忧愁，机遇与不幸，疑虑与危险，以及绝望与悔恨总是混杂在一起的。她以为，人生如潺潺清泉那样轻松愉快，以为面前美丽世界的所有道路，都是那么宽广笔直，以为幸福就在窗外等她，以为只有她那胸腔牢笼里跳动着的火热和柔软的心灵里，才孕育着永不满足的愿望。特别是当她内心世界远处的地平线上吹起一股春风时，觉得整个世界被五光十色的春景装饰得更加艳丽。整个蓝天，随着她心胸的颤动而更加丰满。宇宙也似乎围绕着她芬芳的心花，像灿烂斑驳的荷花的柔软花瓣一样，一层层向外舒展。

赫姆莎西家里，除了爸爸妈妈和两个弟弟之外，没有别的人了。兄弟俩早上吃了饭就去上学。放学回来吃完饭，又到附近夜校去补习功课。父亲收入甚微，没有能力为他们请家庭教师。

赫姆在家务之余，总爱在自己空无一人的房间的窗前坐着。好奇地望着大路上来来往往的行人，听那小贩凄凉的高声叫卖。她以为，所有的行人都是幸福的，甚至连乞丐也很自由自在。仿佛小贩不是为了谋生而苦苦挣扎，而是人生流动舞台上的喜剧演员。

每天早上、下午和黄昏，赫姆都能看到服饰讲究、神气傲慢的莫希特经过这里。赫姆把他看成天神一般的、最幸福的男人中的佼佼者。她想象，这高傲自负、衣着漂亮的年轻人，拥有一切。她认为自己的一切，也值得都献给他。女孩子玩布娃娃时，总爱把它当成活的人，这年轻寡妇，也总是暗自在心中把一切美德都赋予莫希特，并与自己所创造的神游戏。

一天晚上，她看到莫希特房子里灯火辉煌，跳舞的脚铃和女人的歌声，在耳边回荡。这一天，她注视着来回摆动的身影，带着如饥似渴的眼神，毫无倦意地整整坐了一夜。她那痛苦的受了伤的心，就像笼中鸟儿一样，在胸腔的牢笼里，扑通扑通地跳着。

赫姆莎西是不是在暗自责怪,非难她那假天神的恣意作乐呢?没有!莫希特的房间里,灯火辉煌,歌声不断,充满欢声笑语,这一切就像天堂幻影似的吸引着她。她,正如飞蛾扑向火焰,还以为是灿烂星空一样地受到诱惑。夜深人静,她独自醒来坐在床上,把远远的窗前光影和歌声,同自己内心的愿望和想象混合在一起,建造了一个幻觉王国。她把自己心中的偶像,安置在这幻觉王国的宝座上,带着惊奇迷醉的目光,注视着他。把自己的生命、青春、欢乐、哀愁,以及今生来世的一切,像给神供奉香火一样,献给寂寞清静庙里的那尊偶像。她不知道,她面前这座富丽堂皇的宫殿里面,在激荡的欢乐气氛之中,还有极端的疲困、厌腻和污秽,还有卑鄙的欲念和毁灭灵魂的烈火。年轻的寡妇从远处观看,她哪里会想到:在这通宵达旦的灯火里面,是丧心病狂的虚伪、狞笑和残酷无情的死亡游戏!

赫姆本来可以坐在自己那寂寞的窗前,生活在虚构的天堂里,陪伴着臆造的天神,幻梦式的了此一生。然而,不幸得很!天神对她宠爱,天堂向她移近。当天堂完全移到了人间时,那天堂也就倒塌了,而且把建造天堂的人压成齑粉。

莫希特贪馋的目光,落到了这位坐在窗前神情恍惚的女郎身上了。他化名为"比诺德钱德拉",给她写了许多信。有一天,他终于收到了一封别字连篇,胆怯不安,但充满激情的回信。此后,他们在狂风暴雨中打发日子——时而打打闹闹,时而高高兴兴,时而相互猜疑,时而狂热等待,仿佛整个世界都围绕着这位被极度幸福所陶醉的寡妇在旋转,直至化为泡影。终于有一天,旋转的世界把这可怜的、误入迷途的美人,抛到了遥远的地方。其中的情节,我看没有必要细说了。

一天深夜,赫姆莎西离开父母、兄弟和自己的家,与化名为"比诺德钱德拉"的莫希特,坐上了同一节车厢。现在,当神像带着泥土、草屑和闪闪发光的装饰来到身边时,赫姆竟羞愧、悔恨,感到无地自容。

火车终于开动了。赫姆伏在莫希特脚下哭泣央求:"唉,我跪拜在你的脚前,请你把我送回家去吧!"

莫希特急忙捂住她的嘴。火车急速向前驶去。

人落水快要淹死的一刹那,生活中所经历的一切事情,会像潮水般地涌进自

己的记忆。赫姆莎西在那车门紧闭的漆黑的车厢里，也有类似的感觉。她沉浸在往事的遐想之中：每天吃饭的时候，她不到场，父亲就不坐下来吃饭；她那最小的弟弟放学回来，总爱让姐姐喂饭吃；早晨她与妈妈一起做槟榔包子，晚上妈妈帮她梳理头发。家里每一个细小角落，日常的每一件琐碎小事，此时此刻，都展现在她的脑海里，历历在目。她突然感到，那平静的生活和那小小的家庭，像天堂一样的美好。包槟榔包子，梳头发，吃饭时给父亲扇扇子，假日午休时给父亲拔偶然出现的白发，以及忍受弟弟的淘气——这一切，对她来说，好像是最平常而又是最难得的幸福，她不能理解，既然家里已经有了这一切，那还要什么其他幸福呢？

赫姆想到，世界上家家户户所有体面的女子，现在都已进入梦乡。在这之前她怎么就意识不到——深夜在自己家里，在自己床上酣睡是多么幸福！明天早上，各家的女孩子在自己家里醒来，都会毫不犹豫地去操持日常家务。可是，失掉家庭的赫姆莎西，这不眠之夜过后，明天早上会来到什么地方呢？在这不幸的早晨，当熟悉平静、笑容可掬的旭日照到他们那街巷小屋时，那里会突然出现什么丑闻？什么耻辱？什么嘲笑呢？

赫姆心都碎了，哭得死去活来。她苦苦哀求："现在还是夜里，我母亲，我两个弟弟还没有醒来，现在就送我回去吧！"

但是，她心目中的天神，却根本不理睬她的请求。坐在一个车轮轰鸣的二等车厢里，把她带到她久已向往的天堂去了。

这以后不久，这位天神又跳上了另一列破旧的二等车厢，朝另一个方向溜走了。赫姆莎西被遗弃，深深地陷入了污泥浊水之中。

三

我所提到的事情，只不过是莫希特莫亨过去的风流韵事中的一桩。我不打算再说其他类似的事情了，以免文章单调乏味。

现在没有提及这些往事的必要。如今，世界上是否还有人记得那个比诺德钱德拉的名字，都是很可疑的。现在，莫希特是个虔诚的教徒，他每天祷告，总是遵循教规。他以瑜伽典范教育自己的孩子，对家里的女人严加管束，把她们藏在不见太阳，不见月光和不透风的闺房里。可是，这个不只对一个女人犯有罪行的人，今天竟对女人社交方面的任何过失，都给以极重的惩罚。

判处基罗达绞刑后一两天，爱吃蔬菜的莫希特来到监狱的菜园，打算随便采集些青菜。他想起了基罗达的案子，产生了一种好奇心，想去了解一下，她对过去堕落一生的罪过，是不是有所悔改。他走进了关押女犯人的牢房。

他老远就听到了一阵吵闹声。走进屋里，只见基罗达与看守吵得面红耳赤。莫希特暗自好笑，想道：女人的天性就是这样，死到临头也还要吵架。她们到地狱去的时候，大概也要与阎王的使者争执不休呢！

莫希特决定，应该好好地训斥和规劝基罗达一番，使她忏悔。他正气凛然地刚走近基罗达，她就双手合十，伤心地对莫希特说："啊，法官先生！求求你，叫他还给我戒指吧！"

莫希特一打听，才知道：原来基罗达的发髻里藏了一只戒指，偶然被看守发现后，把它拿走了。

莫希特更觉得好笑。今天活着，明天就要上绞刑架。可是，她却念念不忘一只戒指。珠宝真是女人的一切啊！

莫希特对看守说："戒指在哪里？拿来看看！"

看守把戒指交给了他。

莫希特拿着戒指仔细一看，不禁大吃一惊。仿佛手里拿的是一块烧红的木炭。戒指一面嵌镶象牙，上面有一个胡须整齐的年轻人的油彩小影。另一面金底上，刻着"比诺德钱德拉"几个字。

莫希特扭过头来，全神贯注地望着基罗达的脸。他记起了24年前一张含情脉脉、娇柔温顺、腼腆羞怯的脸。那张脸与这张脸，无疑就是一个人。

莫希特又看了看金戒指。他慢慢抬起头来。眼前这个被判罪的堕落女人，在小小金戒指的灿灿光芒之下，像一尊金光万道的女神像，光彩夺目。

1894年12月

偷来的宝物

一

在史诗时代,男人得凭他们的勇武才能找到老婆;只有英雄才配得上美人。我是用了一种卑怯的手段,把我的老婆娶到手的,虽然过了很多年之后,这件事还是让她知道了。可是有一点我敢说我是做到了,就是:在我们结婚之后,我总是努力做一个好丈夫,力求配得上她,每天都为骗取到手的东西付出代价。

大多数男人都忘记了要享受幸福的婚姻生活,必须通过每天不断努力。他们只是拿着社会交给他们的许可证,把货物从海关提出来,以后好像就把这件事置诸脑后了。他们像警察一样,穿了制服,就有权力;只要把制服一脱,立刻就变成了可怜虫。

婚姻好像一出演起来就要演一辈子的歌剧。它的歌里面只有一个合唱,但是却有成千的即席演奏的曲子。瑟妮特拉使得我对这一点有了非常清楚的认识。她的爱情似乎是丰富多彩、无穷无尽的。你好像在它门口就听见唢呐一天到晚老在奏着萨哈那调的曲子来祝贺我们的婚礼。有一天,我从办公室回来,一看已经有一杯冰镇杨梅汁在等着我。它的颜色本身使我看了就痛快。

杯子旁边有一个小银盘,里面放着一个素馨花环。我一走进房,就觉得有一股香味在欢迎我。又有一天,我发现有满满的一杯冰镇牛奶棕子汁,它旁边的盘子里,却只有一朵向日葵。这一类的事情,听上去并没有什么特别,但是它们使人意识到瑟妮特拉想到我,而且每天都想到我。从日常的事物中永远感到一种新鲜的意味,是艺术家的本领。一般人就只知道按照老一套来观察和处理事情。瑟妮特拉具有爱情的天才,她能不断地发明新的方法来侍候她心爱的人。

我们的女儿,阿茹娜,今年十七岁。瑟妮特拉和我结婚的时候,也正是这个年龄。瑟妮特拉现在已经三十八了,可是对修饰和选择服装,还是非常注意。她把这种细心地打扮看成是每天把自己献给丈夫以前的一种必不可少的仪式。

瑟妮特拉欢喜披白底黑边的山提普尔纱丽。替查达土布做宣传的那班人责怪她，她也不争辩，可是她始终不肯穿查达。她说："我爱的是乡下织工熟练的技巧和他所用的手织机。他是一个艺术家。他自己选择纱线，就像我自己选择布匹一样。"事实是这样：瑟妮特拉知道披一条轻而白的纱丽，在不同的时候可以使人联想到不同的颜色。看上去她并没有特别地打扮，但却能给人一种风韵不同的印象。她知道我一看见她穿得这么漂亮，就不由得下意识地充满了喜悦。我感到愉快，但是不知道为什么。

在我们两个人的内心深处都有一种真实的东西，只有爱情这把金钥匙才能探出它的奥秘；傲慢这种伪币是没有插足的余地的。瑟妮特拉全心全意地把她这种崇高的爱情献给我，已经二十一年了。她的美丽的额头上那颗朱砂红点，每天都透露出无限神奇的消息。我是她的宇宙的中心，要做到这一点，我用不着做什么，我只要做一个普通的人就够了。爱情能够在平凡的事物里发现不平凡。经典上说："要认识你自己。"我在快乐中认识了我自己，另一个人在爱情中认识了我的真我。

二

我的父亲是一家有名的银行的董事。我也参加了管理方面的工作。他们无论如何不肯让我当一名"隐名股东"。我的办公室的工作把我拴得紧紧的。这种工作对我的身体和精神都不相宜。我原来是打算到森林部去当视察员的，好在荒郊野外到处乱跑，由着性子去打猎。但是我的父亲只想到地位和体面，他告诉我：银行方面请我担任这个职务，对一个孟加拉国人来说，机会实在是难得的。所以我只好答应了。还有一层，女人非常重视男人在社会上的地位。瑟妮特拉的妹夫是政府聘请的教授，因此他家里的女眷们就可以把头抬得高高的。我要是当了林业视察员，戴着一顶合萌草编的太阳帽，东跑西跑，房间里面满地是熊皮和虎皮，我的体重可能会因此而减轻，但同时，要是拿我的地位和那些有好差事的亲友们相比，那我的身份也就会大大降低了。这样一来，我家里那些太太奶奶们就可能会觉得丢脸，这是很难说的。

老待在办公室里坐着不动，一天到晚地办公，很快就使得我那青年人的壮志消沉起来了。别人在这种情况下，会满不在乎，甚至连腰身变粗，都不当一回事。我却不能处之泰然。我知道瑟妮特拉之所以倾心于我，不仅由于我的才德，也是

由于我的仪表。我最初迎接她的时候所用的造物主亲手制造的那只婚礼花环，到今天还是同样地不可缺少。瑟妮特拉还非常年轻，而我呢，青春已经很快地消逝了，剩下的只有在银行里那一大笔存款了。

我一看到我的女儿和她的朋友赛连，我刚认识她母亲时的那种情景，就生动地浮现在眼前。我看到他们青春的黎明，也带有那种曾经在我们生命中发过朝阳般的光芒的、令人感到温暖的颜色。我一看见赛连，我就在他身体的每一根线条上，看见了当年的我。我看见他也是同样地兴致勃勃，精力充沛。有时因为希望落空，便也担忧和消沉起来。他面前这条路，就是当初我走的那条路。他虽然对我不太注意，但却正在想办法获得瑟妮特拉的好感。另一方面，阿茹娜知道她的爸爸了解她为什么苦恼。有时候她来到我跟前，坐在我脚旁的小藤凳上，一言不发，眼睛里因为含着泪而显出一股柔情。她知道她的母亲能够狠得下心，我却不能。

这并不是说，她的母亲不知道她为什么郁郁不乐。但她相信这不过是早晨夹着雷声的乌云，会跟着这一天消逝的。在这一点上，我的看法就和她不同了。食欲极好的人，你如果老不让他吃饱，他的食量就会减少。一个人在年轻的时候谈恋爱受到了挫折，以后就是再有机会，他也没有从前那股劲儿了。早晨的歌声，在中午再听，就显得索然无味。他们的监护人老说："等他们年纪大一点，自然就会考虑得周到些。到那个时候……"但是可惜呀！一个人到考虑周到的年龄，他的爱情就不会那么热烈了。

前几天，帕德拉月已经把雨季的大雨带来了。加尔各答那些用木头和砖头砌的房子，在一阵一阵的大雨冲击下，显得软弱无力，城市的嘈杂声也变得像哽咽一般。阿茹娜的母亲以为她在我的图书室里准备考试，可是当我走进去找书的时候，却看见她坐在一扇开着的窗前，对着苍茫的暮色。一阵一阵的东风把雨点打在她那散开的头发上。

我没有告诉瑟妮特拉就立刻写了一封短简给赛连，请他来喝茶，并且派我的车子去接他。他来了。我不难看出瑟妮特拉对他的突然来临，并不欢迎。

我向赛连解释说："我请你来是因为我的数学程度太差。许多近代物理的理论，我都搞不通。我想知道量子论到底是怎么一回事。如果没有人帮忙，就凭着我这一点点过时的数学知识，是不够的。"

我的研究工作当然不会搞得太久，这是用不着说的了。我相信阿茹娜识破了我这条妙计。她暗自庆幸,因为有这样一个知趣的父亲。我们刚开始研究量子论,就听见电话铃响了。我跳起来说:"恐怕是有紧急的事情。我抽得开身就来。你们俩先去打乒乓球好了。"

我把耳机拿起来说:"喂。"我听见有人问:"是十二号吗?"我说:"不是的。这是七十号。"我把耳机放下,接着就下楼回到我的房间里,拿起一份旧报,勉强看下去。天渐渐地黑了,我把电灯打开。

瑟妮特拉走进来,脸上的表情非常严肃。我向她微笑着说:"此刻要是有一位气象学家看见了你这副尊容,一定会给我们来一个暴风雨的警报。"

对我的俏皮话,她并不回答。她问我:"你为什么要一而再,再而三地这么纵容赛连?"

"他心里自有一个纵容他的人。"我回答说。

"如果我们能够让他们有一些时候不见面,这种孩子气会过去的。"

"我们为什么要扼杀他们的孩子气?时间会消逝,他们的年龄也会跟着增长。到了那个时候,他们就是想闹孩子气,也不可能了。"

"你不相信本命星,我是相信的。他们俩是永远合不来的。"

"我们不知道本命星怎么样和在什么时候才能连到一块儿,可是他们两颗心已经连到一块儿,这一点我们是很容易就看出来的。"

"我和你老说不清。我们一出世姻缘就已经注定了。如果因为迷恋别人而和他结婚,那我们就在不知不觉中犯了不忠实的罪。忧伤和危险就会来惩罚我们。"

我问她:"那我们怎么知道谁是我们的终身伴侣呢?"

她回答说:"他们有本命星亲笔签字的介绍信。"

三

现在我不能再瞒着她了。

我的岳父阿吉特·库玛·巴塔恰瑞维雅出生在一个以精通梵文而知名的家学渊源的家庭。他小的时候,在村里私塾念书。后来到加尔各答读大学,得到数学硕士的学位。他相信占星学,并且对它很有研究。他的父亲是正理论学派的论理学家。他认为天神的存在是无法证明的。我的岳父对印度教所崇奉的男女神灵,也一概不信。他把他那长期以来无处寄托的信心都集中在星宿上;后来简直变成一种迷信。瑟妮特拉就是在到处都有星宿严密地监护着的气氛中长大的。

我是他的得意门生。他教我的时候，同时也教瑟妮特拉，所以我们就有机会彼此认识。仿佛有一种无线电报在告诉我，我利用了这些机会并不是没有收获的。我的岳母琵帕巴梯是在旧社会里长大的。因为和她的丈夫长期相处，她的脑筋就变得十分开朗和不存偏见。她和她的丈夫不同之处是：她对本命星的说法一点也不相信，可是对她的守护神却有绝对的信仰。有一天她的丈夫为这件事嘲笑她。她说："你是小心翼翼地到处去向那些跟班和卫兵行礼。我却只尊敬国王一个人。"

她的丈夫说："我的亲爱的，总有一天你会懊悔的。有没有国王无关紧要，跟班和卫兵们却总是拿着棍、带着棒站在那儿。叫你吃点苦头，你就知道了。"

"我就是尝到苦头，也不在乎，"妻子回答道。"我是绝对不会向大门口那些穿生牛皮鞋的土包子致敬的。"

瑟妮特拉的母亲很喜欢我。对她，我敢把我的心事说出来。有一天，正好有机会，我就说："妈，您没有儿子，我没有母亲。把您的女儿给我，就让我当您的儿子吧。如果您答应了，我就去请求老师答应。"

"我的亲爱的孩子，"她回答说。"老师答应不答应，我们以后再谈吧。你先去把你的生辰八字拿来给我看。"

我去拿来了。她说："不行，这个不行。老师绝对不会答应的。而我的女儿是她爸爸的学生。"

"女儿的妈妈怎么样呢？"我鼓着勇气问。

"不必提到我，"她回答说。"我了解你，我也了解我女儿的心，我用不着跑到星星那儿去打听。"

我心里很不以这种幻想的障碍为然，可是你怎么能够和一样幻想的东西去作战呢？当你打它的时候，只能打着空气。

就在这个时候，有好多人来向瑟妮特拉求婚，其中有几位是由于本命星不合而遭到拒绝的。她本人坚决地说，她不愿意结婚，她要终身研究学问。她的父亲并不了解她；瑟妮特拉的决心竟使他联想到古典著作里面的一个例子——巴斯克拉恰雅的女儿里拉瓦底的事上头去了①。母亲心中却明白，她暗暗地流泪。有一

---

① 巴斯克拉恰雅（BhaskaHlcharya）是12世纪时的印度著名天文学家和数学家；里拉瓦底（Lilavati），意云美，是他的一篇数学著作的篇名。

天，她终于递了一张纸条给我说："这是瑟妮特拉的生辰八字。你去把你的改动一下，好和她的合上。看见她这么痛苦，我受不了。"

以后的事情，我用不着多说了。我把瑟妮特拉从生辰八字的迷宫里拯救出来了。她的母亲擦干眼泪说："我的孩子，你做了好事。"

这是二十一年前的事。

<h2 style="text-align:center">四</h2>

雨下个不停，风吹得愈来愈紧。

"我不欢喜灯光这么耀眼，还是把它关了吧。"我说着，就把灯关了。

街上暗淡的灯光透过雨射到房间里面来。

"瑟妮，你认为我是你真正的终身伴侣吗？"我问。

"怎么问出这种话来了？还用得着回答吗？"

"如果你的本命星不同意呢？"我又追着问。

"它们当然同意喽。我还不知道吗？"

"我们生活在一块儿这么久了。你难道从来没有怀疑过吗？"

"你如果再问这些蠢话，我就要生气了。"

"最亲爱的，我们一同度过好多忧患了。我们第一胎的孩子，我们的儿子，八个月就死了。我得了伤寒症，病得半死的时候，爸爸又死了。我好了以后，又发现我哥哥假造了我父亲的遗嘱，霸占了全部遗产。今天我得完全靠着我的差事来维持生活。你母亲的爱是我生命中的亮光。她和你父亲回老家度假期的时候，又在梅葛那河一同淹死了。我发现这位不务实际的教授还欠下大大的一笔债。我就挑起了这个清偿债务的担子。我怎么能知道这许多灾难不是我的本命星给招来的呢？你如果事先知道，你绝不会嫁我的。"

瑟妮特拉没有回答，只是伸出两臂搂着我。

"有了爱情，就顶得住一切忧愁和灾祸。这一点在我们俩的生活里，不是已经证实了吗？"我问。

"不错，啊，一点不错！"

"你试想想看，即使本命星要我死在你之前，这种可能发生的损失，我在世的时候不是已经都弥补了吗？这难道不是真的？"

"得了,别往下再说了!"

"莎维德丽只能和萨谛梵在一块儿生活一天[1],可是在她看起来,这种结合比永久的别离要真实得多。她并不怕死神的星宿。"

瑟妮特拉默默无言。我说:"你的阿茹娜爱赛连。我们只要知道这一点就够了。其他一切,就不必过问了。你说怎么样,瑟妮?"

她没有回答。

"我开始爱你的时候,受到过挫折和阻挠。我不忍看见这一对青年也为服从任何一个本命星的指示而受到我当年所受的那种残酷的痛苦。我绝对不能让什么生辰八字使我们头脑里有丝毫的疑虑。"

楼梯上有脚步的声音。赛连要走了。瑟妮特拉连忙站起来,走到楼梯口说:"怎么,赛连,你这么早就要走了?"

"天已经晚了,我没有戴表,"他嗫嗫嚅嚅地说,心里有些害怕。

"不,一点也不晚,"瑟妮特拉说。"今天晚上你一定要跟我们一块儿吃晚饭。"

哈哈,这就是我所说的纵容了。

那天晚上,我把过去改生辰八字的经过都告诉瑟妮特拉了。

她说:"你还是不告诉我的好。"

"为什么呢?"

"因为我时时刻刻都会担心害怕。"

"怕什么?怕当寡妇吗?"

她沉默了很久,然后说:"不,我不害怕了。倘使我先死,或使我非离开你不可,那对我来说,就等于死两次了。"

1933 年

---

[1] 莎维德丽是马主王的女儿,在选择丈夫时,坚决要嫁给萨谛梵,尽管仙人那罗陀警告她萨谛梵只能再活一年。事见印度大史诗《摩诃婆罗多》。此处小说中所谓一天,想是泛指时间很短。